元気じゃないけど、悪くない

青山ゆみこ

MISHIMASHA
ミシマ

まえがき

長く続けていると、たいていのことがうまくなる。

だからわたしは疑うことがなかった。年を重ねれば、「人生」もそれなりにうまくやれるのだろうと。ましてや、わたしは五十年近く、必要以上に間違えてきた人間で、そのぶん人生について学んできたはずだから。

ところがどっこい。人生って想像を超えている。


二〇二〇年十二月、わたしは大きく「心の調子」を崩した。「心」と書いたが、現れたのは「身体の不調」でもあった。心と身体のどちらも「ぽきん」と折れた。

そんな自分をどう手当てしたらいいのかわからず、途方に暮れる日々。

自分なりにもがいてあがいて、うまくいったりいかなかったり。それでも朝が来ると日が昇《のぼ》り、夜が訪れると闇が世界を覆《おお》い、わたしが望むと望まざるとにかかわらず、毎日が続いて、人生は止まらなかった。

これは、二〇二三年十二月までの、主にそんな三年の記録である。

土砂降りの日もあれば、どんより漂《ただよ》う雲が落っこちてきそうに曇った日もあり、真っ青の空がどこまでも抜けるように澄み切った日もあった。

うまくいかないことはやめてみる。悪くなさそうなことをやってみる。

そんな「たったいまの瞬間」の連続が、紛《まぎ》れもないわたしだけの人生をつくっている。

元気じゃないけど、悪くない　目次

第一章
「わたし」をつくってきたもの

十五年以上前のこと。

凍《い》てつく冷気がほほを刺すような真冬のある日、厚手のコートを着込んで近所のスーパーへと坂道を下っていると、お米屋さん、精肉店といった商店の並びにある動物病院が閉院していることに気がついた。

いまっぽさの欠片《かけら》もない、昭和の診療所のような木造一軒家の動物病院の軒先には、いつも保護猫の譲渡先を募《つの》る紙が貼られていたのだが、猫の写真がプリントされた貼り紙は跡形もなくすっかりはがされて、廃業する旨を素《そ》っ気《け》なく書いた紙がペラ一枚、冷たい風にさらされている。

ふと、わたしは足を止めた。あの保護猫たちはどこに行ったのだろう。

南北に平野部が狭い神戸は、山と海の距離が近い。少し坂道を上っただけで、高層マンションや家屋がひしめく市街地を眼下に見下ろすことができる。

わたしが暮らすマンションもすぐ裏が山で、建物は山裾《やますそ》を走るバス道に面している。

こう書くとハイソサエティな神戸の風景が思い浮かぶかもしれないが、実際はそうでもない。

駅までの坂道沿いには、スーパーをはじめ、魚屋さんやクリーニング店などの個人商店がいまも点在し、横道に入れば迷路のような路地が広がっていて、どこか下町めいた雰囲気が漂っている。

戦中戦後をこの界隈《かいわい》で暮らした西東三鬼《さいとうさんき》が、「神戸」「続神戸」という私小説を書いている。舞台となった三鬼館も、わたしの家からほど近い場所にあったらしい。作品で描かれるように、さまざまな宗教と異なる肌の色をした人たちが暮らす、雑然とした港町の山手。古い動物病院は、そんな一角にひっそり佇《たたず》んでいた。

はじめての猫

廃業した病院前でぼんやり立ちつくしていると、背後から男性の声がした。

「どないしたん?」

振り返ると、同じ坂道沿いにある、顔なじみのお好み焼き屋さんの大将だ。

「いや……ここに猫の貼り紙があったから、みんなどこに行ったのかなと思って……」

「なんや、猫、欲しいん?　ついておいで」

なんの返事もしていないのに、大将はわたしに背中を向けて、動物病院に隣接したお米屋さんにすたすたと入っていく。店先では、米屋の女店主（還暦は軽く超えていると思う）が自然食品かなんかの食材の仕分けをしている。

「この子、猫、欲しいねんて」

(ひと言も言ってないけど……)

大将の言葉を耳にすると、下を向いて作業をしていた女店主は手を止めて、わたしの顔をちらっと見上げた。

「そうなんか。ほな、こっちついておいで」

「え、あ、いえ……」

彼女もまたわたしがついてきているか確認もせず歩き出し、坂道脇の路地をひょいと曲がる。慌ててそのあとをついていく。一分も経たないうちに庭の広い大きな一軒家に辿《たど》りつくや、彼女はピンポンと鳴らし、返事も待たずに勝手知ったる様子で門戸を開けてなかに入った(どうして誰も返事を待たないのだろう……)。

すると、『不思議の国のアリス』のチェシャ猫のような顔をした小柄の可愛らしいおばあさんが、まあまあどうしたの、と目尻に笑みを浮かべながら姿を現した。足下には二匹の猫がまとわりついている。玄関横の広い庭に目を向けると、他にもいろんな色と柄をした五、六匹の猫が見慣れぬ侵入者の様子を遠目にうかがっている。

「この子、猫、欲しいねんて」(だから、言ってない!)

「まあ、そうなの? 猫は飼ったことがあるの?」

「え、いえ、ありません……」

「じゃあ、女の子がいいわね。明後日、猫を入れるカゴを持って十時に来てちょうだい。じゃあ、待ってますね」

繰り返すが、わたしはひと言だって猫が欲しいなんて口にしていないのだ。

なのに、二日後には猫を引き取ることが決まってしまった。しかも連れて帰ることになっているその猫の顔さえ一目も見ていない。わかっているのは雌《メス》というだけ……。

その夜、帰宅した夫に、かくかくしかじかで猫をもらうことになったけど、どうしようと、恐る恐る。あまりに急なことで、わたしも猫を引き取るのを断る理由をどこかで期待していたかもしれない。

にもかかわらず、夫は即答した。

「ええんちゃうか」(関西弁では「良いのではないでしょうか」の意)

実は、その三カ月ほど前、結婚してすぐの頃だったと思う。猫を飼いたいのだけれど……と夫に軽く持ちかけたことがあった。

子どもの頃から実家には犬がいたが、ほんとは近所で見かける猫に惹《ひ》かれていた。どの昭和の時代なので、我が家もそうだが飼い犬は屋内ではなく玄関先につながれたり、せいぜい狭い庭をうろうろする中型犬が多かった。なんだか窮屈そう。対して、飼われているのかいないのか、その家の屋内外を好き勝手に行き来する猫が、自由で楽しそうに見えたからかもしれない。

猫っていいなあ。

ただ、わたしの育った家には犬だけでなくインコもいて、鳥を狙う猫なんてとんでもないという雰囲気があった。母は、野良猫が隣家との隙間におしっこをするので臭いと眉間《みけん》にしわをよせながらいつも水をまいていた。

実家を離れたら、いつか、いつか猫と暮らせたらなあと、わたしはぼんやりと夢を描いていたのだ。

そんなわけで結婚した当初、猫と暮らすことを希望的に話題にしたことがあったものの、夫はまるで気乗りしない様子を見せた。二人で暮らすのも慣れないしいっぱいいっぱいなんだから、そりゃそうだよなあと、わたしのなかでも自然と流れていた。

夫はなぜかそのやり取りをすっぽり忘れたように、猫を引き取るという急な話に、ごく当たり前かのごとく賛同してくれたのだ。二〇〇七年二月のことだった。

わたしは結婚指輪はもとより、夫からなにか贈りもののようなものを、それまで一度ももらったことがなかった。そのせいかもしれない。二月生まれのわたしは、誕生日に近いある日、自分の家にやってきた猫を、夫からもらった初めてのプレゼントのように感じた。保護された母猫から生まれたというその三毛猫は、人からご飯はもらっても屋内で飼われるわけでもなく育った半野良猫のようで、その前の晩秋に生まれた月齢四カ月の小さな子猫だった。

キャリーに入れられた猫はみゃあみゃあと不安そうな声をあげ、我が家に着くと一目散に部屋の隅へと逃げた。見知らぬ人間二人が近づくと、「シャー」「シャー」と威嚇《いかく》しまくって逃げ回り、押入れの奥や棚の後ろに隠れてしまって出てこない。

ひとまず放っておいて、猫が好みそうな籐《とう》のかごや、布を敷いた箱などを部屋の隅に置いておいた。すると、音もたてずに子猫はかごに入り、きょとんと目を丸くして人間を観察しているようだ。

名前どうしよう。

シャーシャー叫ぶから、シャーや。

夫がそう名付けた。

それから十三年以上もの時間をシャーと過ごすことになった。

毎日家に猫がいる。いつか一緒に暮らしたかった猫が。人間ではないその生きものが、同じ空間をうろうろしていることが不思議でたまらなかった。

その生きものはかわいらしく、寝ていても怒っていても食べたものを戻してもうんこをしても、なぜだか愛おしい。来る日も来る日も、気が遠くなりそうなほど幸せでたまらなかった。

あの日、たまたまうちに来てくれることになって、本当にありがとう。

わたしの特別な猫のシャー。

実家の犬

わたしが幼稚園の頃。

実家で初めて飼うことになった子犬は、軽く焼いたトーストのような色をした毛の短い雑種の中型犬だった。「リキ」と名付けられたその犬は、父の知り合いの飼い犬が産んだ犬で、何匹かいた兄弟犬のなかで、父が脚を持って逆さにしても唯一吠《ほ》えも鳴きもしなかったそうだ。

なんでそんなひどいことをして犬を試さねばならなかったのか。何事にも優劣をつけたがる父らしいといえば、らしすぎる。剛胆な犬を連れて帰ったと、まるで戦国武将が手柄でも語るように、父はそのエピソードを好んで繰り返した。

リキは人に媚《こ》びない犬だった。

無駄吠えせず、べたべたと甘えず、人の顔色をうかがわない。子犬の頃からどこか凛《りん》とした空気を漂わせ、成犬となってもリキはいつも毅然《きぜん》としていた。

対して、ほとんど年子の団子三兄弟のような兄と弟、わたしの三きょうだいはまだ十歳前後の無思慮な子どもっぽさ垂れ流しで、日々をどたばた過ごしていた。

リキは慎み深く、深遠なる眼差しでそんな子どもたちを眺めていた。まるで自分のほうが兄貴分であるかのように、目下のもの（わたしたち）に遠慮させるような風格をたたえながら。

滅多に吠えないリキが口を開くのは、自分にとって不審な人間を前にしたときだけだ。ウォンとドスのきいた低い声を響かせるのはごく稀《まれ》なこと。

家族の誰もがリキに対してちょっとした畏敬の念を抱いていたように思う。あんた、なんだか、ほんとよくできたヤツだよ、というふうに。

残念ながらリキの犬生は太く短かった。若くして病魔に倒れたのだ。フィラリアだったと記憶している。昭和五十年代、屋外での飼育。まだ予防薬はいまほど普及していなかった。

うちだけではなかっただろうが、当時リキのご飯はドッグフードではなく、家族の食べ残しが主だった。鶏肉をゆがいたものなんてご馳走《ちそう》の部類。なんでもいいからとにかく食べさせておけばいい。考えてみれば玄関先に終日つないでいたのだから、いまならほとんど動物虐待だよ。まだそういう考え方や知識が行き渡っていなかったのが昭和という時代だった。

リキが死んだあと、母は自分が鶏の骨まで食べさせたからリキは病気になったと何度も悔いていた。鶏の骨とフィラリアの科学的な因果関係など聞いたことがない。母のなかでなぜそう結びつけられたのかわからないが、なにかしら理由が欲しかったのだろう。身近なものの死に対して納得できるようななにかが。

まだ幼かったせいか、わたしはリキの最期をよく覚えていない。ある日、リキが冷たくなって段ボールのなかで丸くなっていたことだけが遠い記憶の片隅にある。悲しいといった感情の前に、動かなくなってもなお誇り高い犬の姿に圧倒された。

初めて一緒に暮らした犬がそうだったせいか、わたしにとって犬とはそういう存在として心に刻まれた。

リキがいなくなると、我が家にはセキセイインコがやってきた。

最初はつがいで二組の夫婦を駅前の小鳥屋さんで買ったのだが、どちらのカップルも仲が良く、次から次へと卵を産み、せっせと温めて、孵化《ふか》し、子どもが増えた。二つの家族が暮らす鳥かごを二世帯住宅のように並べて、それぞれのかごに二〇羽を超したあたりで、母もわたしも一羽ずつに名前をつけることを諦《あきら》めた。

もう小鳥たちの区別がつかないよ。

三〇羽を超す頃には、家庭用の鳥かごを二段重ね×二列＝四つ置いてもかごのなかでぎゅうぎゅうの密密状態になり、ストレスからか病気になるインコさえ出てきた。

これはまずい。

父が地元の小学校に相談して、最初からいたつがい二組の四羽だけを残して他の子どもインコはすべて寄贈した。聞くところによればインコたちは広い鳥小屋をびゅんびゅん飛び回っていたそうだ。間違いなく、うちにいたときより幸せだっただろう。

インコがまだ二〇羽くらいの頃、我が家にやってきたのが、柴犬の子犬だった。

わたしにとって二匹目の犬だ。

二つ年下の小学五年の弟が、ある日、犬を飼いたいと言い出したのだ。中学ともなれば兄やわたしには「自分の世界」ができていた。弟は家のなかで遊び相手でも欲しくなったのだろうか。

だが父は猛反対した。

弟は気の良いやさしい性格で動物好きだったが、インコの世話もほとんどしなければ、部屋はいつも散らかりまくっている。好きなおもちゃも、飽きればごみのように乱雑に捨て置くような、典型的な「気分で行動する小学生」だったからだ。末っ子という「かわいがられる存在」として育ち、年下のものの面倒を見たこともない。

生きものを飼う人間として信用ならない。そんな父の懸念が容易に想像できる。わたしは鳥が結構好きで、インコの世話を熱心にしたほうだと思うが、なんせ数が多かった。うっかりすると半日で餌箱は空っぽになり、フンの量もすごいので、鳥かごの底に敷く新聞紙を毎日替える必要がある。飛び散る羽毛は半端なく、鳥かご周辺の掃除も欠かせない。「娘」であるわたしは、家事を担う母の助手としてやるべきことが多かった。そのやり方や順番をいつも間違えて怒られてばかりいたわたしに、鳥たちの世話が完璧にこなせていたとは思えない。

ペットはかわいいけれども、面倒見るって大変だよ。

そんなふうに感じていたから、新しく犬を飼うことに不安が大きかった。どうせ弟はまた犬の世話もしなくなるだろう。彼は動物を「かわいがる」だけなのだ。

母も同様に「ちゃんと世話をする」という弟の口約束を信用していなかったが、自分がリキを死なせてしまったと思い込んで後悔していたこともあり、やり直したかったのかもしれない。次第に犬が欲しいという弟の口撃に反撃する口調が弱まっていった。

結局、末っ子の甘えに根負けした形で、我が家は再び犬を迎える流れになった。リキのように知り合いから引き取るのではなく、今度はペットショップに買いに行くことになった。

子犬選びには、なぜかわたしもついてくるように母から告げられた。おそらく情に流されやすい性格の二人（母と弟）で、今後長い間生活をともにする犬を選ぶことが不安だったのだろう。

でも情に流されて選ぶのが正解ではないのか。

そんな不安は後に的中する。

あらかじめ柴犬を希望する連絡を店に入れておいたので、ペットショップに到着すると、店内中央のベビーベッドのようなサークルには、五匹ほどの柴の子犬がコロコロとした身体で転げ回っていた。さほど犬好きでないわたしでさえ、その愛くるしい姿には心をもっていかれそうになるほどだ。母もすっかりその気になっている。弟は完全に舞い上がって子犬よりも落ち着きがない。

店のスタッフから、それぞれの犬の性格など説明を受けながら、母と弟はどの子犬を連れて帰るべきか、あーだこーだと消去法で絞《しぼ》り込んでいる。

最初に性別は雄《オス》に限定し、弟は子犬らしくきゃんきゃんと元気に鳴きながら人懐っこく駆け寄ってくる犬に夢中になっていた。母は、その子犬のかわいらしさに惹かれはしたが、落ち着きのなさに一抹の不安を感じたようで、わたしが推したおとなしく座ってきょろきょろと人間を見上げていた子犬との二匹の間で、迷った。

スタッフは人懐っこい犬の血統書を自慢げに見せた。そこにはホストクラブの源氏名のような大層な名前が書かれていた。

迷いに迷った挙げ句、膠着《こうちゃく》した空気のなか、わたしがこう言い放った。

落ち着きのない犬は嫌だ。リキのように吠えない犬がいい。

その結果、人懐っこくきゃんきゃん鳴く犬は見送られ、おとなしく様子をうかがっていた犬を連れて帰ることになった。

子犬は連れてこられた家で箱（たぶん段ボールみたいな箱だった）から出されると、警戒心を露《あら》わにして、不安そうにまわりを見回しながら、壁際のアップライトピアノの脚の隅にうずくまり、そこから夜まで動かなかった。

ちょっと鈍くさそうなので「ドン」と名付けて（ひどい）、子犬らしくない様子に不満げな母と弟をよそに、人に媚びないドンちゃんをかわいいなとわたしは感じていた。

しかしながら翌日、学校から帰ると、ドンちゃんの姿はなく、代わりに短いしっぽをぶんぶん振りながら人間の足下にじゃれつくもう一匹の人懐っこい子犬が、家中をきゃんきゃんと走り回っていたのだ。

えええ？

弟は目に入れても痛くない様子で、その子犬と旧知の友のようにじゃれ合っている。バカな小学生が二人といった気配になんだか腹が立った。

校則が山のようにある中学に上がったばかりのわたしには、彼らの無邪気さが「遠く」に感じられた。その「遠さ」にはかすかな痛みが混じっている。自分がなぜそんなふうに感じるのかわからない。そもそも当時は痛みとさえ認識できなかったように思う。うまく言葉にできないし、わからないのだけれど、胸のどこかをざらつかせる違和感。

「ドンちゃんは？」

「あんなに陰気な犬がいたら家のなかが暗くなるから、返してきたのよ」

母がこともなげに言った。

しばらく経ってから、ドンちゃんは老夫婦にもらわれていったと母から聞いたが、どこからそんな情報を入手したのだろうか。わたしはまるで自分もドンちゃんとともに捨てられたような気がして、胸がきりりと痛んだ。でもなににどう反論したいのかやっぱりわからずに、言葉もなく目の前の犬を眺めるしかなかった。

ロッキーと名付けられたその子犬は、病気もせずすくすくと育ち、予想されたとおりの無邪気な子どもっぽい成犬へと成長した。

子どもの頃と変わらず人を見ればしっぽをちぎれんばかりに振って、誰にでもついていこうとする。犬好きの人にはたまらないらしいが、わたしはいつも毅然とした態度のリキと比べてしまう。良いようにいえば陽気で明るい、歪曲《わいきょく》してとらえれば（なんのために?）C調で軽薄なロッキーを素直にかわいいと思えなかった。

思えば、わたしとロッキーの関係性は、ドンちゃんのこともあり、初《しょ》っぱなからうまくいかなかった。

家族のなかの「序列」

ロッキーはある日、ロイになった。

母は「青山ロッキー」という名前を姓名判断で調べたという。この落ち着きのない性分は名前によって決定づけられているそうだ。

い、い、犬に姓名判断って?

母は大真面目だった（彼女はいつだって真面目なのだ）。「青山ロイ」の画数だと、どっしり構えた凜々《りり》しい犬になるらしい（はあ？）。

思い込んだらの人である母は、ロイ、ロイと呪文のように呼びかけて犬に刷り込もうとしているし、当のロッキーはご飯をくれて遊んでもらえたらどっちでも良さそうだ。

そりゃ、そうだ。

ロッキーはその後の犬生を「青山ロイ」として過ごすことになった。

母の思惑《おもわく》に反して、「ロイ」となっても相変わらずちゃかちゃかと動き回り、人の後ろをついて回り、いたずらを繰り返す無邪気な性格のまま。でもそれになんの問題があったというのだ。犬なんだから。

子どもの頃のアルバムを開くと、黄ばんだスナップ写真におさまるロイは柴犬でも正統派の整った顔つきで、若き日のヒロミ・ゴー的な甘さまでほんのり漂わせている。我が家を訪れる犬好きはみな相好《そうごう》を崩して「ハンサムだ」「なんてかわいい柴犬なの」とロイを撫《な》で回したので、自分でも「僕はかわいい犬だ」という自覚をもっていたように思う（たぶん）。

ルックスがいい上に人好きのする性格。そりゃ、かわいい。

でも、わたしは何年経ってもロイを手放しでかわいがることができなかった。

むしろ目が離せない、手のかかる存在だったからだ。

古くさい家父長制を政策に掲げる党首のような父が率いる我が家には、守るべきルールがあった。序列のようなもの。食卓のおかずに箸をのばすのも、お風呂に入るのも、年齢の上下もあるが男性が優先。

父が一番は言うまでもないが、きょうだい間でも順番がある。

第一子であり長男の兄がすべてにおいて優遇され、弟は第三子だけれど、男なので女のわたしよりも優先される。結果的に兄と弟に挟まれたわたしはいつも三番目の「後回し」となる。

そこに加わるのがロイだ。

犬はその家族のなかで「下から二番目」という自覚をもつとも耳にする（真偽のほどはわからない）。我が家ではそのとおり、ロイの態度の端々に、末っ子である弟を自分の下に位置づけているのを感じた。弟にはそれすらかわいい理由となったようだ（嬉々《きき》として下僕、といったような楽しそうな関係がそこに見えた）。

だが、わたしにとっては、「家族のなかで自分より優位に置かれた弟と、その上にいる犬」という、複雑な序列を突きつけてくるようにも感じられた。

や、ややこしい……。

といまは思う。だが、育った家庭の有り様が「世界の普通」だと疑うことのなかった子どものわたしは、いつの間にか自分もまた筋金入りの「序列主義者」になっていることに気づいていなかった。

うちは性別による役割分担も徹底していた。

家事の類《たぐ》いはすべて女の仕事で、人やペットといった「家族のお世話」もそれに含まれた。女というのは慈愛の精神と無償の愛情、奉仕の心でもって家族に仕えるもの。

自身もまた育った家庭で封建的でオールドな教育を受けた母は、一度も会社勤めなどをした経験がなく、女は家族のために働いて生きるものと、性別役割を受け入れていたように思う。

彼らが育った古い時代の影響なのか、父と母は「イメージ男」「イメージ女」みたいな理想像を共有していたようにも見えた。

父親として母親として、真っ直ぐに、熱心に役割をこなそうとしていたのだろう。二人とも「正しさ」に対して真面目な人たちだった。でも、否定することさえ憚《はばか》られる「正しい」人が同じ家にいるって、さらにはそれが親だったら、子どもにはまあまあしんどい。

同じ子どもでも、女である「娘」は、男である「息子」に比べて「損してる」ように感じていたわたしは、役割を受け入れることが息苦しくもあった。飲み込めないないにかが、いつも喉に詰まったような気分で。

愛に対する条件

ロイは陽気で自由な犬だった。

うちの家の横が空き地になっていて、境界には金網のフェンスがあったのだが、ロイは巧妙に穴をこじ開けてそこから気まぐれに脱走を繰り返した。何度、網を張り直しても、家に閉じ込められる不自由さに抵抗するかのように。

飼い犬の脱走は、近所迷惑な事件でもある。誰もが犬好きなわけではないし、中型犬といえども小さな子どもには恐怖心を抱かせる存在ともなる。

近所の人がドアホンを鳴らす度にどきっとした。

「ロイちゃんが坂の下にいたわよ」

口調は柔らかいが、度重なると「またですか⁉」という批難の声にも聞こえてくる。

脱走を繰り返すのでだいたいのルートがわかっている。ロイが交際していた（勝手に夜《よ》這《ば》いしていた）彼女犬のいる家の周辺。あるいは、近所に何人かいた、犬用おやつをいつもポケットに入れているような犬好きのやさしいおばさんたちの家に逃げ込むのだ。

「あんまり怒らないであげてね」

　全方位、彼の味方のロイファンたち。

　知らないうちにロイは犬同士で親密な関係を築き、自分の仲間と温かな交流を深めていた。内（家）と外（近所）を行き来して、自分の存在を受け入れられていたロイ。

　犬は犬であるだけでかわいがられた（当然だ）。自分に与えられる愛情がさまざまな条件付きに感じていたわたしは、なんだかずるい気がした。

　なんだかんだ言っても誰よりも細やかに面倒を見る母に当然のようにロイはなつき、弟による源泉かけ流しの愛もあったからだろうか、ロイはとことん家族みんなが大好きで、冷めた態度のわたしにでさえ、外出から戻る気配を察すると、喜びすぎて興奮のあまり失禁した。

　帰宅して早々に、犬のおしっこを水で洗い流さねばならない面倒臭さ。

　自分を歓待する犬の感情を受け止めるどころか腹立たしさが勝り、わたしはロイの背中をパシパシ叩いた。しつけという名のもとに、母親がわたしにそうしていたように。さらにいうと、中学の先生からごく当たり前にされていたように（昭和ってひどい時代だったんです。完全に過去形でないのが苦しいのですが）。

　どんなに怒られても、ロイは人を噛《か》むことはしなかった。うーうーと悲しそうに鳴いた。

いじめの問題や、児童虐待のニュースを見聞きすると、自分や母が犬に対してしたことをふと思い出し、胸がざわざわひりひりすることがある。「ひどい」「許せない」とあわせて「ごめん」もそこに入り混じる。

大学生になる頃には、自分の世界が楽しくて家を空けてばかりの弟はほぼパーフェクトに犬の散歩もしなくなった。けれども彼はたまに会うロイにいつでも純粋な混じりけのない愛を与え続けていた。じゃれ合って庭を一緒に転がり回るふたり。

「そんなに厳しくせんでもいいやん」

ロイをかばう弟。

なんだろう。世話もしないのに。そういう愛をわたしはどこかで否定してしまう。それ、ちょっと都合が良すぎない?

と同時に、弟のような存在がいることを、「ロイ、良かったね」とも思っていた。全く異なる、矛盾するような気持ちがそこにも同居する。

ロイを見ると、かわいいより先に感情の整理がつかず複雑な気持ちになるのだ。

邪心や偏見をもたず透き通った瞳をキラキラさせて愛を信じるロイが、犬という存在が、わたしはいつしか苦手になった。

ロイはいつだってかわいい犬だった。そう思えなかったことがいまとなっては申し訳なく、その事実はわたしという人間の醜悪《しゅうあく》さを表出させる気がして、哀しい。ロイが羨《うらや》ましかったのかもしれない。

後年、母が終末期の、本当に命の限りを目前にして苦しみに耐えていたとき、病室で唐突にこんな言葉を漏らしたことがあった。

「ゆみこちゃん、わたしね、ロイをもっとかわいがってあげたかったのよ。かわいいかしこい犬だったでしょ。でも他のことでしんどくて。いまならもっとかわいがってあげられるのに」

十数年も前に死んだ犬のことを、こんな病床で思い出すなんて……。

母も苦しかったのだ。純粋に愛することだけをできなかったことが。

ママはかわいがっていたよ。わたしもかわいがってあげたかったよ。仕方がなかったよね。わたしは力なくそう答えるしかなかった。

なすべきこととして「世話をする」でなく、おおらかに「面倒を見る」ことをわたしたちはしたかったのだと思う。手がかかることさえ慈《いつく》しむということを。

十五年ほど我が家にいたロイは、大きな病気もせずにいわば寿命を全うした。最期は家のなかで家族に見守られて静かに眠りについた。

涙の涸《か》れない母はそのまま庭に埋めたがったが、「犬は人間とは違う。未練をもつな」と父が保健所に連絡して火葬した。お骨は戻ってこなかった。ペット葬なんてない、これも時代だったのかもしれない。

わたしは新卒で就職したアパレルメーカーから出版業界に転職したところで、連日深夜に帰宅する多忙な日々を送っていて、だんだんと痩せて弱っていくロイを母が介護し看病するのを横目で見ていただけだった。ある夜、リビングの隅に敷いた毛布に横たわるロイが痙攣《けいれん》し始めた姿を目にして、涙が止まらなくなった。そんなに苦しいの。可哀想に。思わず抱きしめた。どこか突き放した目で犬を眺めていたわたしが……。

翌朝、ロイは冷たくなった。

屋外とはいえ、同じ屋根の下、長年暮らしをともにしていた存在の死は、情の薄いわたしにも自分でも驚くほど深い悲しみをもたらした。

ただ、日々の雑事のなかにロイの思い出は紛れていった。むしろ自分がしてきたこと、できなかったことを思い出したくないという気持ちもあったのかもしれない。そしていつしかほとんど記憶から浮上することもなくなった。

「家に犬がいた」という事実だけを残して。

ちなみに弟は現在、妻と娘に面倒臭がられながらもそれなりに慕《した》われて、困ったことがあると気まぐれに連絡をよこす姉（わたし）の面倒を見るおっちゃんに成長した。細かい世話焼きではないけれど、面倒見はいいのだ。昔から変わらず。

はじめて得た「フラットな関係性」

ロイのことをよく思い出すようになったのは、猫と暮らし始めてからだ。

ある日突然、わたしのもとにやってきた生後四カ月の三毛猫のシャー。

当時の写真を見ると、頭部が大きな子猫特有のバランスからその幼さを見て取れるが、猫とほとんど接したことのないわたしは猫のサイズ感もよくわかっていなかった。

「子猫はちっさいのお」

夫がよく響く低く大きな声で繰り返す度、子猫はゴムまりのように弾け飛んで部屋の隅に逃げ込んでしまう。

数日が経っても、近寄ろうとする人間に「シャー！」「シャー！」と威嚇してばかりでいっこうに慣れてくれないのは、「シャー」という夫による名付けのせいではないかと、当初はちょっとうらめしかった。

ウルトラ猫初心者であるわたしが最初にしたのは、「初めて猫を飼うひとのために」という教科書のような本を読みあさることだった（わたしはなんでもイラストがたくさんの入門書から入る）。

ある日、シャーがダイニングテーブルの上に飛び乗った。

猫の教科書に書いてあるとおり、シャーの背後で、勢いよく両手をパンと叩く。驚かせてテーブルが怖い場所だと思い込ませる作戦だ。

しかし、シャーは音のした方向をちらっと見ただけで、テーブルの上できょとんとしている。

「なんや、その手をパンてやるやつわ。どけ、て言《ゆ》うたら猫もわかるんや」

呆《あき》れるように見ていた夫が「そこはあかん！」と指さすと、子猫はしなやかにジャンプして床に着地し、どうでも良さそうにどこかへ消えてしまった。

商店街の一角にある生地屋が生家で、屋内外を気ままに出入りする猫がいつもまわりに何匹もいたという夫の猫への接し方と、本に書いてある「飼い方」はまるで違う。わたしは実家にいた犬のロイがいたずらをすれば叱り飛ばし、庭におしっこをすると叩いてしつけをしていたが、シャーには声を荒らげたり手をあげたくなかった。

ロイは飼い犬という名のとおり、人間が「飼って」いた。ご飯を用意し、寝る場所を確保するというだけで、わたしは「強い立場」になってしまう。立場という見えない線が引かれたときに生まれる上下関係。あるいは主従関係。そういう支配構造をシャーとの間にできるだけ持ち込みたくない。

できる人ができることをする。ただそれだけでいいじゃないか。

「親」と「子どものわたし」。「わたし」と「飼い犬のロイ」。そこにあったものとは異なる関わり方がしたかったのだと思う。

特別に大切な存在

子どものいないわたしたち夫婦だけの生活に、ひょこっと入り込んできた猫。

猫は人間とは違う動物ではあるけれど、なんだろう、ペットとは思えない。

という話をすると、「二人には子どもみたいな存在なんだろうね」と気遣うように言われることがある。

えー、猫は猫だよ。子どもじゃない（子どもをもったことがないからわからないけど、たぶん違う）。ペットでも「うちの子」でもない。

いまもってうまく言えない。

子どもの頃から、序列により「自分」が位置づけられる閉じた環境にいつも窮屈さを感じていたわたしは、自分ではない誰かと「家」という場を、信頼関係で共有するようなことに憧れていたのかもしれない。

「そう思える関係が家族や仲間」といえるかもしれない。その考えは素敵だけど、わたしにはいささか理想論めいて美しすぎるし、正しさがなんだか重い。もっと気楽でシンプルでフラットな関係性を猫に求めていた気がする（当たり前だけど、猫は最初からそんな感じだった）。

わたしにとってシャーは「特別に大切な存在」だというだけ。それ以外、なんもない。動物の聡明な勘なのか、ご飯を用意するのがわたしだと確認したのか、シャーはわざわざ近寄ってはこないけれど、わたしという同居人を頼りにするような仕草を見せることが次第に増えてきた。

このソファはシャーがのんびり過ごせるように。

このかごはシャーが安心して寝られるように。

好みそうな布を探して、空間を整えておくと、シャーはいつの間にか、その場所に辿りつき、居心地良さそうに毛繕《けづくろ》いをして寛《くつろ》いでいる。

なんてかしこい猫なのだろう。

この猫はわたしの心が読めるのだろうか。

猫の姿の一つひとつに心の渇きが潤っていくようで、それまで感じたことのない幸福な感触で胸が満たされた。

シャーをそっと撫《な》でる自分の手のやさしさに驚く。自分にもこんなやさしさがあったのかと。リキのときに感じた心の距離もなく、ロイに抱いたような屈折した感情もない。自分の好きなように過ごしてくれる自由さをもった生きもの。気が向かなければ近寄ってもこない。そういう存在がそばにいるだけで、わたしまで解き放たれるようだった。

ドラマや漫画であるじゃないですか。制服を着た子が二人で河原に並んで黙って座っているだけで、そこには強い安心があるってわかるみたいな場面が。

ああ、彼らはこんな気持ちだったのだなあ……（誰かといるとき沈黙が怖いわたしは、そんなシーンを目にするだけでどこか居心地の悪い気分になっていた）。

いつも抱えていた〝太平洋ひとりぼっち〟のような孤独もさみしさもどこかに消える。一人でいるようでひとりじゃない穏やかで温かな安心。それを教えてくれたのがシャーだった。

わたしはすっかり猫に魅了されてしまった。

いや、他の猫のことはわからないけれど、シャーが大好きになった。

きらきら輝く黄色がかった瞳も、茶色と黒と白をかき回したような三毛の色も、目のまわりにくっきりひかれたアイラインも。

こんなに美しくやさしい生きものがこの世にいるのか。そんな存在が世界のどこでもないわたしの暮らす家にいるという事実に、四六時中気が遠くなりそうで、来る日も来る日も、シャーを目にする度に幸せで息が止まりそうだった。

特に大きな病気をすることもなく、シャーは順調に育っていった。教科書どおりの子猫らしい行動や、年齢に応じた体形の変化を経て、ご飯を食べて、寝て、遊んで、出す。シャーに求めることはそれ以外にない。シャーのすることが、わたしのして欲しいことだった。

一年、二年と、ともに過ごす時間を重ねるほどに、シャーがなにを欲しているのか（あるいは欲していないのか）を、ごく当たり前に察することができるようになり、教科書を開くこともなくなった。

フリーランスとなり、自宅で書きもの仕事をするわたしは、ほとんど終日、シャーの気配を傍《かたわ》らに感じながら日々を過ごす。著書という形になった本が生まれる時間のすべてはシャーとともにあった。

「あのさあ、自分ちの猫って、自分ちの猫だからかわいいんかな。もし他の猫と暮らしても、わたしはシャーみたいにかわいくてたまらないって思うもんなんかな」

「それは猫によるんちゃうか」

夫の直球の返答に、目の前の猫が自分にとって特別な存在に思えるなんて、なんて幸せなんだろう。しみじみと心が震えた。

もしシャーがいなくなったらどうしよう。寿命の異なる生きものとして、仮定ではすまないどうしようもない事実だとわかっていても、そんな不安が浮かぶ度に慌てて打ち消した。なによりも恐ろしくて。


シャーは悪性リンパ腫が発覚してから半年ほど闘病しこの世を去った。十四年近く生きたことになるので、ロイと同様にいわゆる寿命だったのだろう。

闘病期間は、新型コロナウイルスの感染拡大と重なっていた。ウイルスに負けないで。不便でも日々の楽しみを大切に。未知の状況に立ち向かおうと鼓舞する前向きな言葉が望まれていた時期だ。

シャーのいない生活はひたすらさびしくて、口を開けば悲痛な叫びが漏れそうだった。でも、だめだ。こんな大変なときに死んだ猫のめそめそした話なんてするべきじゃない。誰に言われたわけでもないのに、漏れそうな声を手で塞《ふさ》いで自分の奥のほうに押し戻すことが増えた。来る日も来る日も。次第にどんどん、どんどん深くに。

二〇二〇年の初夏、わたしは「ひとりぼっち」になった気がした。自分の分身のように特別な存在がいなくなったあとの孤独はとてつもなく寒々しく、胸の奥に焼け野原のような荒涼とした空虚が広がっているように感じた。

第二章
「食と酒」の生活改善

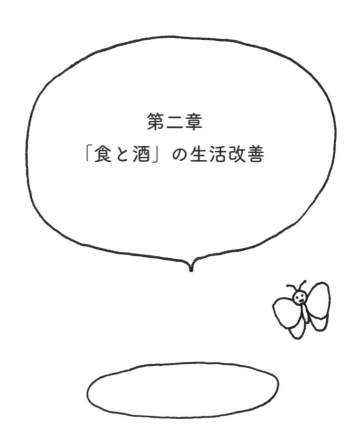

二〇二〇年、シャーがいなくなったあとの初夏の記憶がほとんどない。

半月ほど仕事を休んで猫の看病につきっきりだったので、締切が立て込んでいたこともある。また、春先から始めたオンラインの文章講座は思いのほか応募が多く、当初予定していた人数枠を広げて受け付けていた。一対一のやり取りは想像していた以上に親密な場となり、シャーのことでの気遣いもいただいた。ずいぶんとたくさんの人からわたしは励まされていたように思い出す。

ちょうどその時期、翻訳家の村井理子《りこ》さん、校正者の牟田都子《むたさとこ》さんとリレー連載をしていた流れで、普段から担当編集者さんを含めた四人でSlackを共有し、ちょっとしたことを気軽なチャットのように書き込んでいた。

全員がそれぞれ犬や猫と暮らしている仲間なのもあり、「辛《つら》い」「さみしい」とわざわざ言葉にしなくても「わかってもらっている」という温かさを感じ、過去に大切な存在を喪《うしな》った経験のある先輩の親身な言葉を受け取ることができた。

新しく猫を迎えることを思い立ったのも、「猫を喪った悲しみは猫でしか埋まらない（犬もしかり）」というような呟《つぶや》きを耳にしたからだ。

保護猫の姉妹が目に留まったのが七月の終わりの頃。ご縁がすっとつながって八月の始めには、麦わら柄と三毛の姉妹が我が家にやってきてくれた。まだ月齢二カ月ほどの小さな子猫たちは新しい環境にほどなく慣れて、その様子に未知の世界の開拓者のような逞《たくま》しさを感じた。

わたしもシャーのいない世界を生きていかねばならない。まだ身体も小さく、手脚も枝のように見える子猫たちを元気に育てないといけない。やるべき役割が、めそめそしがちな自分を引っ張ってくれるのではないか。

子猫たちの弾けるような生命力に満ちた動きと、好奇心いっぱいの瞳のきらめき。若くしなやかな身体は健康そのものだ。日々目にする若さのあふれる身体は、中年夫婦と老いた猫との生活にはなかったもので、なんだかわたしには途方もなく遠く眩《まぶ》しく感じられた。

切実に迫る「老い」

当時のわたしは五十を目前にしていた。だが、実のところわたしはまだ「老い」についてほとんど考えたことがなかった。子育てを経験した友人からは、赤ちゃんから子ども、思春期を経て生物として「育って」いく子どもとの過程のなかで、年を重ねて「老いて」いく自分の身体にも気づかされるのだとよく聞いた。

年齢差からいくと、初老の祖父母が孫に感じるものに近い気もするし、猫を相手にいうのもなんだが、わたしも初めて「老いている」自分を意識し始めた気がする。

その半年ほど前、夫は狭心症《きょうしんしょう》で緊急入院して手術をしていた。ぽってり脂肪を身にまといつつ、運動は不足気味で飲み食いが旺盛という生活習慣が一因でもあっただろう。数カ所の詰まりが発覚した心臓の血管は、むしろ長年の不摂生によく持ちこたえてくれていた。それでも老いていく血管がついに音を上げたのかもしれない。もう若くはないのだ。

他人事ではない。

そういえばわたしはここ数年、健康診断では血液中の脂質異常（多すぎる）、血圧の問題（高すぎる）が淡々と指摘されていて、欄外の注意事項は要約すると「診察受けて、生活見直せ」のひと言だろうか。

数値化するまでもなく、「目に見える」体形も変化していた。あきらかに肥大している。全身だぼっと大きめの服ばかり着るようになった自分の姿が、時折鏡越しに目に入る。若い子のボーイズライクなかわいいオーバーサイズではない、楽だからと選んだゆるゆるした衣類を身にまとう自分の、なんだろう、この情けないような気分は。

すかっとしない。しゃきっともしない。見た目がどうとかいう前に、首ののびたTシャツそのものがわたしの「気分」なのだった。

まあ、中年なんだからねえ。開き直りたい気持ちもあった。ただ、数カ月後の誕生日で迎える人生の節目のような年齢を前に、ふと我に返った。わたしはこの先の十年、二十年をこの身体で気持ちよく、なにより元気に生きていけるのか。ダメな気がする。

やるべきことは明白だ。食生活の改善。もすこし運動。わかっていてもできる自信は一〇〇億パーセントない。すぐに破れる金魚すくいの紙のように意志の弱いわたしである。

パーソナルトレーニングという選択

ちょこちょこっとSNSで相談投稿すると、似たような悩みを抱えている同年代の仲間がわらわらと集まって打ち明け話をしてくれて、そこで知ったのが「パーソナルトレーナー」なる存在である。マシンを使った筋肉トレーニング提案や、一人ひとりに合わせた食生活の指導などをしてくれるそうだ。

聞けば少なくない友人たちがすでにせっせとジムに通い、定期的な運動を取り入れ、食生活を見直しているというではないか。みんな、意識高いやんか！　完全に出遅れて焦る背中をバシコーンッと押されもしたが、同時にわたしは躊躇《ちゆうちよ》もしていた。

実はわたしは、休会してしばらく経つけれど、思想家で武道家の内田樹《たつる》先生に合気道を師事している。

武道である合気道は、西洋のスポーツとは根本的に考え方が違い、スポーツのような特定の筋肉にアプローチしたトレーニングをしない。

部位を特定して「鍛える」のではなく、全身を無駄なくしなやかに使うことで、本来もっている力を引き出す。身体は鍛えるものではなく、さまざまな鍛錬《たんれん》を積んで心身ともに結果として整うものなのだ。

そんなふうに身体を捉えている自分が、マシンを使って「身体をつくる」ような「筋トレ」……うーん。うーーん。うーーーん。

ただ、こうも考えた。

もうすぐ五十を迎えるわたしの身体は、この五年ほどでもあきらかに衰えている。このままパソコンの前に座るだけの生活が継続すれば、特に下半身の筋力低下はますます加速するだろう。呑気《のんき》にじっとしている場合じゃないんじゃない？

そういえば、だ。トレーニングに通っている友人たちは、誰も「ムキムキ」になってはいない。ちょっとやそっとでは、そもそもマッチョな身体にはなれない（ごく初歩的なことです……）。もしかすると、わたしのもつ「筋肉をつける」「鍛える」というイメージに根本的な誤りがあるのかもしれない。

小耳に挟んだパーソナルトレーニングは、身体の大きな悩みにガツンと力尽《ちからず》くで対処するというより、もっとこう、小声の小悩み相談のように身体の声に耳を傾ける進め方のようだった。

こんなふうにイメージしてみた。

使われるべきなのに休眠しているサイレント筋肉を呼び起こし、全身を無駄なく使えるように「姿勢」を正す。それは「筋トレ」というより「筋肉の見直し」ではないか。

そっか、わたしという身体資源の有効活用。

それならいいかもしんない。

マッチョな人がマシンと格闘する昭和でオールドなイメージしか頭になかったわたしは（いつの時代?･）、ジムという言葉がまず怖かったので、ネットで目にする画像を食い入るようにチェックした。雰囲気も、肉食系のワイルドなジャングルではない、草食系の動物が集まるオアシスのようなジムはないかと。

いくつかのジムのトライアル（体験）を経て辿りついたのが、ユースケせんせが一人で営む小さなトレーニングスタジオだった。

わたしよりぐっと年下、アラサーのユースケせんせは、色白でクリッとした目のどちらかといえばカワイイ系のメンズ。中肉中背で身体にも態度にも全く「圧」がない。テンションは高すぎず低すぎず、ゆったり落ち着いた声が安心できて感じがいい。

スタジオは女性専用になっていて、大きな窓で開放感があり、明るい乳白色を基調にしたやわらかな空間。運動が得意ではなく、メカニックな雰囲気が苦手という人にも、トレーニングを気軽にできる環境を整えたかったとユースケせんせは言う。

その人がやって参りました！　心のなかで叫んだ。

わたしという身体資源の有効活用

トライアルの日にしたことは、ユースケせんせによる、いわばわたしの身体の見立てだった。もし、必要ならこんなことをしてはどうですかというプレゼンみたいな。

サイトに多数掲載されていた、トレーナーとしての経歴や資格名称の意味するものさえわからないわたしに合わせて、専門用語を駆使することなくわたしの身体を表現する言葉が、すーっと腑《ふ》に落ちた。

骨盤前傾で反《そ》り腰《ごし》なのは、骨盤の傾きを戻すための腹筋（インナーマッスル）を意識するだけで、全身のバランスがかなり変わりますね。もし腰痛があればましになるかもしれません。首が前に飛び出しぎみなので、背中の強張《こわば》りをほぐしつつ、肩甲骨まわりを柔らかにして、背中と二の腕の背面を動かしていけば、肩こりが楽になって頭痛にも効きそうです。膝を伸ばしきって立つクセがあるので、太ももの前面が頑張って多めに筋肉がついています。逆に、太ももの背面を意識して動かしていけば、普段歩くときにも足が軽く感じるようになりますよ。

ただ立ち姿勢だけで、一日中パソコンに向かって猫背で作業をしているわたしの日常が見えているかのようなユースケせんせの言葉から、「身体のことをめちゃ勉強してきた人」であることがわかった。

それ以上に印象に残ったのは、わたしの身体に触れるときのやり方のようなものだった。「触るだけでその人がわかる」という身体コンタクトの感触は、合気道の稽古で少しもっていた。ユースケせんせが、身体をとても丁寧に扱う人であることが、指先の接触面から伝わってくる。

わたしの身体が納得した。この人なら安心して身体を預けてみたい。

ゆっくり考えてみてくださいねとアドバイスを受けたけれど、即、入会を決めた。

残っている資源を有効活用して、余分な脂肪も取りたいし、これを機会に生活のもろもろをやり替えたい。大げさにいえば、自分を変えたかったのかもしれない。

長くともに暮らした猫が老いていなくなり、日常はすでに変化している。そんななかで、どこか停滞したままの自分を一新したいようなそんな気持ちで。

二カ月と区切った週二回トレーニングのプログラムに申し込んだのは、二〇二〇年の九月上旬のことだった。

いざ、トレーニングが始まってみると、ゆるい決意が汗だくで覆《くつがえ》されるキツさだった。一つのメニューごとに、現在のわたしの筋力で可能な動きの、そのちょっとだけ限界を超えるように見極めて、ユースケせんせが的確に誘導してくれる。最初は楽勝なのに後半はめっちゃきつい。けど無理がない。だからどのメニューも、自分が前回よりちょっと頑張ってゴールしたような快感が必ず味わえる。めさめさ楽しかった。

「なにかにチャレンジして達成する」という喜びが、こんな小さなことでも気分を大きく変えるのか。トレーニング時間は、何事も「頑張らない」「達成しない」で過ごしてきた自分には、新鮮で嬉しい驚きの連続だ。

身体を動かすってやっぱり気持ちいいなあ。ユースケせんせに紐解《ひもと》かれる自分の身体の状態や、それにアプローチする理論も面白い。身体も頭もテンションが上がって、四十五分のトレーニングは、いつも一瞬で終わり、翌朝はきまって生まれたての子鹿のように脚がぷるぷる震えた。それが腕であったり、腹筋であったり。身体がダイレクトに反応することも嬉しかった。自分が変わっている。そんな実感がして。

開始からすぐに体重が二キロ減った。体脂肪率は〇・七パーセント減。たぶん余計な水分、身体のむくみが取れたのだと思う。それだけでちょっとすっきりした。

それから約七週間、わたしは想像を超えて急激に変わった。それが良かったのか、どうなのか、いまも考えてしまうのだけれど。

身体的な数値も大きかったが、人生を変える勢いで様変わりしたのが食生活だった。

なにを食べたらいいですか？

身長が一六二センチになった思春期の頃から、かれこれ三十年。わたしの体重はだいたい五一～五四キロで上がったり下がったりを繰り返してきた。

飲むのも食べるのも大好きなので、欲望のおもむくままに生活していると、いつの間にかもっさり積もる部屋のほこりのような皮下脂肪で、顔と身体の輪郭が丸くなる。ほこりが見えたら始める本気の掃除のような感覚で、わたしは半年おきくらいに脂肪の断捨離的ダイエットをして、三キロほどを一週間でぎゅっと絞っていた。手持ちの服がサイズアウトせず、健康診断でぎりぎり標準値に滑り込むような程度で。

我流ダイエットの方法はいたってシンプル。炭水化物と脂質をできるだけ減らし、お酒を我慢するだけだ。

トレーニング的な運動はせず、ついでに身の回りを整理するように、普段は適当に掃除しているお風呂や換気扇などをちょっと本気で磨いたりと、あくまで日常のワークの延長で動いた。それだけで簡単に二、三キロが落ちたのは、普段の飲み食いが旺盛すぎたのだとも思う。

だが、四十代の後半にさしかかると、なんだろう、次第に手っ取り早く「落とす」ことが難しくなった。単純に体重の数値が下がっても体脂肪率は変わらなかったり、お腹もぶよぶよと締まりがない。また、ご飯やパンなどの主食を食べないと、ダイエット三日目くらいには気怠《けだる》いようなしんどさを感じたり、風邪をひきやすくなったり。内側も外側も、身体の調子がすっきりしない。

「無理なダイエットを繰り返すことは身体への負担が大きく、筋肉量が減り、痩せにくい体質になります」

いろんなダイエット本に書かれていたとおりのことが、自分の身体に起きていた。若い頃より新陳代謝が悪くなる傾向は、肌の張りでも感じていたし、全般的に身体の反応が鈍くなっている。

　ユースケせんせとのトレーニングがいい感じに始まると、いよいよ本丸。自分がなにを食べたらいいのか。なにを食べてはいけないのか。すっかり途方に暮れていたわたしは、過去の体験を打ち明けながらすがりつくように「食」のアドバイスを求めたのだった。

　期待で鼻息荒く相談するわたしに向けられたユースケせんせの提案は、拍子抜けするほどのシンプルさ。

「青山さんが、この食事がいいんじゃないかと思うメニューと量を、まず食べてみてください」

　えええ、それで失敗してきたので不安なんだけど……。

「大丈夫です。青山さんが食べたいと思うご飯から、足したり引いたりして、青山さんにとっていちばんストレスの少ない、かつベストな食事を探していきましょう」

　その日から毎日、朝に飲むミルクティーから始まり、食事に限らず、口にしたものを一つ残らずいちいち写メに撮り、夜寝る前にリスト化してレコーディングしたものをユースケせんせにメールで報告することになった。

　それに対して例えば、こんなコメントが戻ってくる。

「お昼ご飯は、豆腐の味噌汁、納豆、豚の生姜焼きだとたんぱく質が多すぎちゃうので、豆腐をワカメやひじきなど海藻に替えると、ミネラルが摂《と》れて、たんぱく質がいい感じの量になりますね」

あるいは、米は糖質。ダイエットで避けたい食材。そんなふうに刷り込まれているわたしが手っ取り早く主食を抜こうとしていたら、こんな提案がある。

「お米は僕も大好きです。もし食べたいけれど我慢しているのなら雑穀米はいかがでしょうか。糖質の吸収がゆるやかになるんです。炭水化物はすぐにエネルギーとなるので、トレーニングのある日なら、むしろ朝ご飯におにぎり一つ食べていただいたら、身体がよく動いて気持ちいいかもしれません」

なんと！

身体を軽くしていったほうがいいかと、お腹が空くのも我慢してトレーニングに臨んだのに……。

はたまた、油のカロリーが怖くて控えていると、ユースケせんせからこんなメッセージが着信した日もある。

「オリーブオイルやエゴマ油など、良質の油は適度に摂ってもらったほうがいいくらいです。炒めものに使う油の量も、テフロンのお鍋なんかだと、少量でも素材の風味が出て美味しく食べられますよ」

ダイエットってとにかく「減らす」方向が良いと思い込んでいたけれど、ユースケせんせは、「食べる」選択肢を増やしてくれる。その食材を食べるのに適切なタイミングがある。素材の特徴を考えて、ほどほどの量を食べるやり方のようなもの。最初の頃は一つひとつに迷っていたが、次第に自分が好きなものを、いつ、どう食べたら良いのかつかめてきた。

「食べない」ではなく、「食べること」の意味を考え始めると、不思議なほど体重も体脂肪率も減り続けた。面白いくらいに。栄養バランスに配慮したことで、極端なダイエットで感じたような身体の不調もなかった。

一カ月を過ぎた頃には体重四キロ減、体脂肪率五パーセント減。

「頑張りすぎないでくださいね」とユースケせんせがさり気なくブレーキをかけてくれるほどで、高めだった血圧は一二〇／八〇というお手本みたいな数値になった。

食べたものを記録し、振り返ることが、こんなに大きく「食べる」意識と身体そのものを変えるなんて。

三十年来の悪友、お酒

食生活の改善で、「目に見える」体形変化のインパクトも大きかったが、なによりわたしを日々興奮させる大きな事実が他にあった。

「お酒を飲まない」ことである。

は、はあ、そんなこと？　とたいしたことに思わない人は、きっとお酒とは無縁、あるいはほどよい距離で付き合っている人でしょう。どうぞそのままで〜。

逆に、この一行に反応した人は、きっとままならない飲酒習慣がある人だろう。「飲まない」という強い意志をもたなければ、ごく当たり前に冷蔵庫から缶ビールを出してぷしゅっと開ける。その一本が呼び水、いや呼び酒となり、焼酎、ワインと次々に味を替えて喉を潤わせてしまうような、そこのあなた（それがわたし）。

成人して以降、わたしは飲むことを楽しみに生きてきた。毎日がお酒を中心に回っていたといっても過言ではない。仕事は嫌いではなかったが、終わってから飲む酒がなかったらそこまで頑張れただろうか。

お酒を飲み始めると、まずふっと肩の力が抜けて気が楽になり、なんともいえない高揚感が訪れる。泣きたいようなうんざりした気分のときも、お酒が回ると胸のつかえがとれるように心の強張りがほどけて、泣きたいだけ泣ける。お酒を飲むと、感情をコントロールしたり抑制したりするストッパーのようなものが外れる自分が楽だった。

それを求めて、最初の一口を飲んだ。

ビール、日本酒、ワイン、ウイスキーやハードリカーまでなんでも飲む。二十代や三十代の頃は、アテさえいらなかった。酔うために飲むので、むしろなにか食べるのが邪魔にさえ感じていた。記憶がなくなるくらいまで飲まないと飲んだ気がしないので、どうだろう、飲酒生活三十年のうちの一年分ほどはきっと記憶がない（覚えていないので確かめようがないが……）。

感情や行動をコントロールできずに起きる酒まわりのトラブルは数限りなくあった。信用、お金、モノ……失ったものの多さたるや。酒の上での出来事は、悪いときには悪さが強く出る。ひどい後悔のような嫌なざらつきを忘れたくて、翌日にまた飲んでごまかそうとする。そんな悪循環。

身体ももちろんしんどい。ひどい喉の渇きに、頭痛、吐き気、倦怠感《けんたいかん》。起きるのが辛いのに、寝ていられないというひどい二日酔い。

午前中はほとんど使い物にならず、うぅうぅとうめいてひたすら水分をとり、不快感が去るのを待ち、夕方になってようやく仕事ができるという有様だ。

遅れている仕事のストレスを、また寝る前のお酒で紛らわせるという。あとはいうまでもない。

今回パーソナルトレーニングをきっかけに禁酒するその数年前から、わたしはお酒をやめたかった。やめるまでいかなくても、量を減らしたい気持ちがあった。

立て続けに経験することとなった親の介護や看取りを経たこの二、三年。さらに自分の分身のように感じていた愛猫シャーとの別れのあとに、さみしさを紛らわすべく「酔うために飲む」お酒の量が増えすぎていることに危機感も抱いていた。

毎晩ワインのボトルを空けて、そのあとも暖炉にマキをせっせとくべるように、安価な焼酎をほぼ割らずにぐびぐびと流し込むようなお酒との付き合い方は、どう考えても良くない。それはわかってはいるけれど、飲み始めると止められない。

酔い潰れないと寝られないという不眠の傾向も飲む理由にしていた気がする。

楽しさを盛り上げてくれることも多いが、それ以上に不都合なものをざっくり酒でごまかしている自分。ごまかすために必要な酒量が増えすぎているわたしは、いわゆる「アルコール依存症」の崖っぷちに立っている気がしてならなかった。

不眠の相談をしていた心療内科で軽く相談したこともあった。減酒へのアドバイスはあったが、病名がつくような状態ではないからと、飲酒を禁止されることもなく、飲酒後に不快反応を出させる抗酒薬を処方する段階でもないと告げられて、当時はがっかりした。医者からレッドカードを出されたら、むしろ楽なんじゃないかと考えていたからだ。

わたしと同様に褒められたものではない飲酒習慣のある夫とは、お酒が絡んでしょっちゅう食卓が炎上していた。数値化できる身体的なものとは別で、どう考えてもわたしはアルコールによる問題を抱えている自覚があった。かなりの深刻さで。飲まないほうが良い可能性しかない。そう思っていたのだが……。

「のんだくれゆみこ」と「ノンアルコールゆみこ」

三十年、お酒を人生の主軸に生きてきたわたしにまず訪れたのは、「禁酒ハイ」だった。三日、四日、一週間、二週間……「飲んでない」というだけで、なにか大きなことを成し遂げたような達成感で、「酒をやめている自分」にうっとり酔っているみたいな。パーソナルトレーニングにチャレンジしている二カ月の間は、「いまだけの我慢」だと思うからテンションを保てたのだと思う。

折しも、この二カ月は大きくイレギュラーな状況があった。トレーニングが始まってすぐの頃、夫が足を骨折して手術入院したのだ（酔った状態でのアクシデントだった……）。そのせいで、わたしは突如一人暮らし状態になった。パーソナルトレーニング期間中ほとんどずっと。

同居する家族がいると、食事内容も食べるタイミングも自分一人の思いどおりにいかないものだが、わたしは、何時に起きて、なにを食べ、どんなふうに一日を過ごすか。全くすべてを自分のためだけに決められた。食生活を思い切って変えられたのには、そんな背景もあった。

夫はわたしにとって、最も長く一緒に飲んできた「飲みダチ」だ。彼がいない生活環境は、「悪いダチと切れた」ような良い機会でもあったのだ（怪我で大変だった人に申し訳ないが）。

思いがけずがらっと環境を変えることができたわたしは、「飲まない」ことへのチャレンジ精神で、いい感じにぴんぴんと気が張りまくっていた。健康への意識が爆上がりで、それを思いどおりに試すことができるのだ。やるっきゃない、と。

だらだら飲んでぐずぐず夜更かししていた夜も、ヘルシーな食事を摂って映画の一本でも見たら、好きな入浴剤をぽんと入れたお風呂にゆっくり浸かる。身体の芯がほこほこしている間にとっとと布団に入り就寝。

夜明け前には目を覚まし、静かな朝の澄んだ空気のなかで読む本は心にしみじみ言葉が届いてくる。澄み切った頭で原稿を書いて一段落してもまだ十時とかそんな時間だ。天気がいい日はスニーカーを履いてさくさくとウォーキングに出かけて、きれいな空気を肺一杯に吸い込む。

　はあああああ。気持ちいぃ。

　できすぎくらいに「正しい生活」ではないか。自分でも、以前の「のんだくれゆみこ」と同じ人間とは思えなかった。

　禁酒当初、当惑したこともある。夜時間の過ごし方は難問だった。飲まない晩ご飯はあっという間に終わるし、そのあとの夜はめちゃくちゃ長い……。

　スパークリングウォーターをグラスに注ぎ、飲むモノだけ替えて気分をごまかしたり、ちょっと高級なハーブティーを試したり。最初は気分的に新鮮だけど、どれもすぐに飽きてしまうし、お酒の代わりになりそうなものを探すのはまあまあ面倒だった。

　お酒は飽きないよなあ。というか、飽きるとか、そんな感覚を麻痺《まひ》させて、惰性で飲ませてくださるのがアルコール。手っ取り早いのに、それなりの満足が得られる飲みもの。それがお酒なのだ。

　お酒って怖いくらいにすごいなあ。改めて感心した。

　夫のリハビリは経過良好で予定どおりに退院し、わたしのパーソナルトレーニングも順調に終了。二カ月で体重は八キログラム減、体脂肪率は九パーセント減（なかなかの変化である）。特に背中に張りついていた肉布団が二枚は剝《は》がれ落ちたような軽さがあり、慢性的に強張っていた肩から腕、肩甲骨まわりといった上半身がしなやかによく動く。目指していた数値、身体感覚を得られたことが嬉しかった。ユースケせんせのおかげだ。でもなんだろう。達成感や喜びとは裏腹に、短期間で急激に変化した身体と、三十年慣れ親しんだ行動パターンとは異なる「正しい生活」を送る自分に、言葉でうまく言えない違和感があった。どこか自分が自分じゃないみたいな……。

食の好みはわかりやすく変わった。大好物だった酒のアテ的な珍味の類《たぐ》いはしょっぱくて食べられず、ご飯のおかずとしか見えなくなった。

晩ご飯のオードブルに夫が用意してくれたスモークサーモンも、白ワインなしだと、ただの鮭の薄切りにしか思えない。あんなに好きだったのに（夫も戸惑《とまど》っていた）。

お酒との相性が関係するのは食べものだけではなかった。耳から聞く音楽も、映像を目にする映画も、体内にアルコールが入っているときと素面《しらふ》では、感じ方が異なった。

例えば、わたしは酔うとタランティーノの『ジャッキー・ブラウン』や、ヴィム・ヴェンダースの『ブエナ・ビスタ・ソシアル・クラブ』が見たくなり、もう何十回と繰り返しＤＶＤを再生してきたのだが、素面ではまるでその世界に入り込めなかった。別の作品を見ればいいだけだが、自分が「好き」だと疑いもしなかったものへの「熱」が冷めるような、まるで強い恋心が消えてしまったような。

長年親しんできた「のんだくれゆみこ」と、新たな「ノンアルコールゆみこ」のそんな趣味、嗜好《しこう》の違いが、小さくあちこちで引っかかってきた。

思ってたのと、違う。あれ？　あれれ？？　という感じで。

ほんのささいな違和感だが、サイズの違う靴を間違えて履いたようになにかズレが気になる。そのうち靴ではなく、自分の足に問題があるようにも思えてくる。

「飲まない自分」への違和感

単純なことだが、自分が人生で最も情熱も時間もお金も注いできた「飲む」時間がなくなった所在なさは、想像をはるかに超えてキツかった。正しいことをしているはずなのに、苦しい。

二十歳の頃から一人でも飲みに行っていたから、通っているバーの店主はもはや友人でもあるし、学生の頃からお酒の絡まない友達なんてほとんどいない。わたしの思い出も、人間関係も、酒場を取材するような仕事だってそうだ。人生そのものに、お酒が深く関わっている。

現役を引退したスポーツ選手の気持ちはこんなだろうか。比べるのも失礼かもしれないが（すみません）。大事にしていたものが人生からごそっと抜け落ちたような空虚。

友達や夫、猫と過ごしてきた時間とともにあったお酒は、わたしの人生の一部だったと同時に、ろくでもない悪いもの。憎むべき存在でもあった。そのことを正しい顔をした「ノンアルコールゆみこ」が突きつけてくる度に、負の感情を抱き自罰的になる。まあまあ辛い。

そういうときにこそ、自分の痛さを許し、気を紛らわせてくれるお酒に頼ってきた。でももうその選択肢はない。気分転換やストレス発散の方法を失ってしまったことに、わたしはただただ戸惑い、軽くなったはずの身体に反して、次第に気分はどこか重たく沈んでいった。

そんなわたしの隣で、リハビリ経過もよく回復していった夫が、ほどなく以前のように飲むようになった。

お酒に対して苦々しい思いを抱えているわたしなのに、毎晩、酒に酔う人の姿を見なくてはならない。とんでもなく複雑な気持ちしか湧かない。忘れたいような嫌な思い出と、こみ上げる負の感情をどう処理すればいいのか。引き裂かれる。

この問題について、実はわたしはパーソナルトレーニングを始めて飲まなくなったすぐの頃、精神科クリニックで相談していた。わたし自身と家族の飲酒状況を知っていて、専門的な知識をもつ友人に、それ以前に通っていた心療内科とは別の精神科医を紹介してもらい具体的な相談を持ち込んでいたのだ。

先生、わたし自身と家族の飲酒習慣を変えるために、断酒会の自助グループや家族会に通ったほうがいいのでしょうか、と。

一回目の診察でそんな相談をした直後に夫が骨折して入院することになり、結果として夫は強制的に禁酒生活に入ったため、わたしは自分ひとりの禁酒さえ考えていれば良くなったというわけだ。

楽しかった思い出も多いのに、夫との間で起きた心底うんざりするような苦々しい記憶ばかりが酒を抜いたわたしの脳裏に蘇《よみがえ》る。すべての原因がお酒にあったように感じてしまう。わたし自身が「飲まない自分」とまだうまく折り合いがつかないからだろうか。悶々《もんもん》と心が沈む。

そんなわたしの気も知らず、楽しそうにグラスにワインを注ぐ夫。ああ、ちらっとわかってももらえない。やっぱ酒だ。この酒が思考を停止させ、ろくでもない状況を生むのだ。どうにもできなさに打ちひしがれて、心はざらざら荒れていくような気がした。

ていうか、こんなことなら酒をやめるんじゃなかった。たったいまの状況に対して、そんなふうにしか思えなくなった。自分が愚《おろ》かな選択をしてしまったと。

こうやっていつでもわたしは間違ってしまう。結婚も、仕事も、なにもかも。子どもの頃からそうだった。怒られてばかりで、人生そのものが間違いにしか思えない。

もう嫌や。

第三章
ある日心が振り切れた

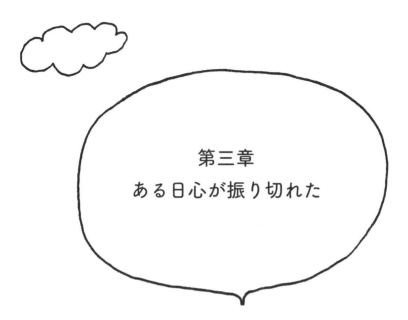

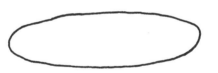

三十年以上念入りに付き合っていたお酒を断《た》って、ちょうど三カ月が過ぎた頃。二〇二〇年十二月の中旬のある日、人生で初めて心が緊急事態のような状態になった。

十一月からかかっていたブックライティング（著者の代わりに文章構成をするライティング）の担当書籍の追い込みで、連日朝から晩まで十時間ほどぶっ通しで二〇〇〇字前後の原稿を書きまくっていた。最後の一本を送信すると、全身の力だけでなく魂までぷしゅうと抜けていくように感じた。

体力的にもキツかったが、その仕事はメンタル的にも負荷が高かった。

テーマは「親子の難しさ」について。親は子どもにいうことをきかせたい（従わせたい）。子どもは親のいうことがきけない。親に「できない」理由を問われても、ほんとの気持ちが伝えられない。どうして親子はうまくいかないのか。

長く教育の現場にいる著者の話を具体的なエピソードとして読者に届けるという、シンプルな作業のはずだったが、わたしには単純に仕事と切り離せるテーマではなかった。第一章でも書いたように、親子の難しさは長年自分自身が抱えていた問題でもあったからだ。

親は子どもに呪いをかけてしまう

その本に関わるタイミングと重なってわたしは一冊の本と出会っていた。福岡で学習塾を運営する鳥羽和久《とばかずひさ》さんの『おやときどきこども』だ。思春期の子どもと向き合う鳥羽さんが「子ども」が「自分独特の生き方を発見した興奮」に触れる感動を綴《つづ》ると同時に、そうした「子ども」を阻害する存在としての「親」や「大人」について紐解くように語られた一冊でもある。

親子がどうしてうまくいかないのか。鳥羽さんの語りを聞いているうちに、もう五十を目前にする年齢で、とっくに大人になっているはずの「自分のなかの子ども」が強く疼《うず》いた。

例えばこんな一文がある。

親というのは子どもにたびたび呪いをかける存在です。成績が急上昇して喜んでいる息子に「そんなに調子に乗っていると、いまに悪くなるよ。」そう言い放つ父親がいます。彼氏ができた嬉しさではにかんでいる娘に「どうせ遊ばれてるだけよ」と貶《おとし》める言葉を吐く母親がいます。こういう少し極端な例を持ち出さなくても、親や大人たちはそうとは気づかずに子どもに呪いをかけてしまうものです。（一三九頁）

わたしの父も母も実直に生きて子育てにも熱心で、全く悪い人たちではなかったが、子どもへの期待からだろうか。子どもにこうした物言いを浴びせることが多かった。心配という体《てい》で冷や水をかけられる度に、わたしは「正しい」存在である親のいうことをそのまま受け入れられない自分の素直じゃなさ、子を心配する親に反発してしまうことへの罪悪感。うまく咀嚼《そしゃく》できないあれこれを、言語化できないモヤモヤとして抱えたまま大人になり、もう十分すぎるほど年を重ねていた。

そのモヤモヤは普段は意識することがないほどわたし自身の一部になっていて、コンプレックスとまではいかないけれど、目を向けたくない自分の嫌な部分でもあった。鬱屈《うっくつ》したなにかがときどき卑屈さのようなカタチで浮上して、自分で自分が恥ずかしい。隠れていても決してないことにはならない、それは紛れもない自分であるからだ。

最も衝撃を受け、同時に救われた鳥羽さんの言葉は、「親や大人たちはそうとは気づかずに子どもに呪いをかけてしまう」という箇所だった。親というのは、呪いをかけていることに気づかずに、よかれと思うからこそ「やっちゃう」という構造について。

それまでは、父（ながとし）や母（みえこ）の人間性の一部を受け入れがたく感じていたが、鳥羽さんの語りから、「親という立場の人間」の側に立って捉え直すと、仕方がなかったのかもしれない。初めてそんなふうに距離をもって眺めることができた。大きな大きなしこりが、ふっと小さくなったように感じた。

また、本を読みながら、気づいたことがあった。

「心配」は親の「不安」でもある。子どもは「愛情」と「不安」を切り分けることなく、親から同時に受け取ってしまう。愛という名の不安を。ああ……。だから受け取ることにも、受け取らないことにも居心地の悪さともどかしさを感じていたのかもしれない。切ない。

そのことがすっと腑に落ちて、親と自分について考えるときいつも頭のなかで絡まりすぎて、もうほどくことを諦めていた固い結び目が、一本一本の糸に分かれて見えてくるような感触があった。

同時に、脇腹を強く殴られたような重い痛みもやってきた。自分が嫌だなと思っていたその「愛情と不安」をまぜこぜにするやり方が、もはやわたし自身のやり方になっているとも気づいたからだ。近しい人に対して、特に。たったいま、夫に対しても。

夫と一緒に暮らすようになってから、時折起きる家庭内炎上のようなものは、たいていわたしのささいなひと言で勃発した。「ここにモノ置かないほうがいいよ」「そんなに食べすぎないほうがいいよ」「もう寝たほうがいいんじゃない」。思えばその物言いは両親に、特に母にそっくりだ。

「自分のやり方を押しつけるなよ」と夫が激高すると、わたしは「折角《せつかく》良いことを言ってあげているのに、どうしてこの人はうがったものの見方をするのだろう」と心からうんざりして、「わかってもらえない」ことへの不満のようなものが、どんどんと心のなかに積もっていった。それはすべて夫のせいだと疑うことがなかった。

しかしどうだろう。親子の間で生じやすい支配構造のようなものが、自分の夫婦関係にそのまま当てはまる気がしてならない。

「よかれと思って」なんて言いつつ、ぐっと俯瞰《ふかん》して捉え直してみると、ほとんどの状況はあくまで「自分にとっての都合の良さ」ではなかったか。さらに、思い当たることがある。「よかれ」には深い意味があるわけでもなく、たいていはわたしのその時々の単なる「気分」によって決められていた気がする。そしてそして、その気分のほぼすべてが、なんらかの「不安」から生じていたように思い起こされてならない。ああ……。

気分にムラのある母が予測不能に感情を波立てるので、自己防衛のためのアンテナを常に立てて疲弊《ひへい》しながら育ったことに、強めの言葉を使うと、わたしは子どもの頃から怒りを感じていた。親は気ままで理不尽で支配的な存在だと。支配される側がどんなに翻弄《ほんろう》され、時に傷つくか。

自分は誰かを傷つけるような人間にはなりたくない。反発する気持ちが大きかった。なのに自分がその親とそっくりのやり方で、現在の家族である夫に対して接しているのではないか。そう気づいてしまったとき背中に氷を押しつけられたような恐怖を覚えた。

そんなつもりじゃなかった。よかれと思って……。自分に言い訳したかったが「つもりはなくても、受け止める側が感じていたなら、やってたってことでしょ」とわたし自身が親に対して感じていた言葉が、そのまま自分へのダメ出しの声として聞こえてもくる。ぐうの音も出ない。

愛情や心配という体に見せかけた呪いで、人を支配しようとしている。わたしは無意識に誰かに呪いをかけている。わたしは根本的に間違えている。誰から指摘されたわけでもないが、自分でそのことを知ってしまった。はっきりと。かつて自分がかけられ、いまは人にかけている呪いを初めて「見た」ような気がした。

「躁」っぽい思考の暴走

それは十二月十二日の昼下がりのことだった。

いつも頭のあたりを覆っていたモヤのようなものが突然霧散《むさん》して、頭蓋骨の内側がぱあっと明るく光り輝いているような感覚に襲われた。薄暗い部屋にワット数の高い電球を点けたように。

ちょっと驚いた。なんだこれ？

このところ悶々と親子の問題について考えていた自分が、自分で大きな呪いを解いたからだろうか。きっとそうだ。まるで良きことが起きたように思われた。

同時に閃《ひらめ》いた。まだまだ気づいていない呪いがあるかもしれない。わたしが見落としていることに、いまなら気づけるんじゃないかと。

わたしは、強い灯《あか》りで照らされて隅々まで見えるように感じた自分の頭の奥の奥までのぞき込んで、目に留まった小さなことを、一つひとつ掘り起こし、自問自答を繰り返し始めた。そのうち見ようとしなくても、次から次へと浮かんでくるではないか。くっきりと。

すると全能感というのだろうか。めちゃめちゃ頭が良くなって自分でなんでも「わかる」気がした。そこにはなにかしら快感のようなものもあった。わかるって気持ちいい。いやいや、でもそんなことあるわけない。そう自分でもわかって否定するのに思考が止まらない。わかろうとすることを手放せなくなってしまったのである。

それは生まれて初めての感覚だった。暗く重たく物事を考えてしまう鬱《うつ》っぽい感じとは正反対の、ぱあっと明るく思考が空回りするような感覚。

だが、どれだけ回転したところで、わたし自身の「想定内」のなかでしか広がらず、「閉じた思考」は行き場がなく空虚で軽い。その事実さえも「見えて」しまう気がして、浅はかな自分がたまらなく痛い。辛い。なのにどうしても自分に問い、答えを出そうとすることを止められない。

考えることをやめられずに苦しくて苦しくて、わたしは気が狂うかもしれないという恐怖を感じた。あきらかに「異常事態」だと気づいた。

これはいわゆる「躁《そう》」っぽい状態ではないだろうか。

以前、社会福祉士の受験勉強をしていた頃に読んだ精神障害の入門書に書かれていた内容を思い出し、たったいまの自分の状態を「危険」だと理解した。自分の脳が、異常なファンの音を鳴らしながらオーバードライブで過熱するパソコンのように、ついにはブラックアウトしてしまうんじゃないかと。

ぎゅんぎゅんに空回りする思考をどうすれば止められるのか。どうしてもわからない。

パソコンなら外付けハードディスクを取り外して、強制終了できるのに。人間の場合は頭だけパカッと外してぽいっと投げ捨てたりはできない。苦しい。

ふっと思いついた。高いビルから飛び降りて自分を身体丸ごと止めてしまえば、もうこれ以上考えずにすむのかも。そうか、身体が死ねば頭ももう考えなくていいよな。強制終了できる。それはどんなに楽だろう……。

死にたいというのは、楽になるための選択なのか。なるほど！　そんなことまでもわかったすごいと驚いて、死にたい、楽になりたい、と空回りする頭で考えている自分が恐ろしくてたまらなかった。

そのときのことをいまもはっきりと覚えている。

楽になりたい。苦しいからこそ希望を見出して、人は死を望むのだなという感覚を。ちなみに制御不能になって、心の危機を感じていたわたしのすぐ隣の部屋には夫がいて、コップがテーブルにコツンとあたるようなのどかな生活音が漏れ聞こえていた。

緊急事態はすべてわたしの頭のなかで起きていることでしかなく、夫はそんなわたしの様子に全く気づいている気配はなかった。そのことが辛うじてわたしを現実に引き留めていた気がする。


フルマラソンを全力疾走で暴走するような思考を止められないながら、わたしは沿道から差し出される水やバナナのような、外からの助けがないかと必死に探していた。すごいスピードで流れていく思考の断片のなかに、通院している精神科の先生の顔が見え隠れした。そうだ、先生がいる。頭がスピンアウトして振り切れたようないまの自分に対応してくれる、これ以上ない専門家ではないか。わたしの主治医は統合失調症も専門だったはずだ。救いの神を見出して泣きそうに嬉しかったが、その日は土曜で、午前の診察はすでに終了していることに思い当たった。ああ、もう間に合わない。だめだ。

単純に病院に行くだけなら救急車を呼ぶという手もある。けれどもわたしは身体が傷ついているわけでもなく、見た目に全く異常がなく、自分の緊急性を理解してもらえる自信がない。頭がおかしいと思われるだろう。そのとおり、こんなに頭がおかしいのに。ああ、なんて難しい。

わたしの脳みそはそこまでが限界で、他に誰か自分を助けてくれそうな方法はもうこれっぽっちも思い浮かばない。

わたしを引き留めた回顧録『エデュケーション』

唯一の手に賭けることにした。

月曜の午前診は十時から受付開始だ。それまで約四十時間。ここを乗り切って先生になんとかしてもらおう。わたしはいまちょっとおかしいので、自分を騙《だま》してでもなにも考えないでいなくてはいけない。睡眠導入剤を飲めばある程度寝られる。それ以外の起きている時間をどうやってやり過ごせばいいのか。

そう思案したとき目が合ったのが、タラ・ウェストーバーという三十代の歴史学者である女性の書いた、『エデュケーション』という五〇〇頁ほどの分厚めの回顧録だった。ブックライティングの締切を抜けたら読もうと楽しみに机に積んでいた一冊だ。

そうだ、本は自分を忘れさせてくれる。のめり込むように読んでしまう本なら、自分の思考を保留にしてくれる。これは子どもの頃から有効な手段だった。

『エデュケーション』は仕事仲間でもある村井理子さんが翻訳したもので、読むのが苦しいほど辛い本だけど、読み応えのある強い語りの一冊だ。ということを、その数日前に一気読みしたという牟田都子さんからも聞いていた。

二人の信頼する手練《てだ》れの読み手が「心をもっていかれる」ような本なら……すがるような気持ちでわたしは表紙を捲《めく》ってタラの語りを必死に目で追った。目のレンズの焦点が合う先に現れる一文字しか見ないと決めて、自分史上最大の集中力を振り絞って命がけで『エデュケーション』を読み始めたのだ。

結果からいうと、わたしの脳はこの本を貪るように読んでくれた。表紙を捲ってから即引き込まれて、その夜は晩ご飯を食べる以外は、本から目が離せなかった。

アメリカのアイダホという遠い地の話ではあったが、それは親子の物語だったからだ。政府、病院、公立学校を頼らないサバイバリストで、狂信的なモルモン教原理主義者の父。支配的な親の環境下から、死に物狂いで自分を解き放つプロセスを描いたサバイバーによる凄絶《せいぜつ》な自分語りだ。

心身への強いダメージを受けながらそれでも諦めずに何度も立ち上がろうとするタラの声が、まるでわたしの魂にじかに触れてくる気がした。読んでいるだけで息が止まりそうなエピソードの連続が、わたしになにかを考えさせる隙《すき》をあたえないほど、強くまっすぐな声で届いてくる。わたしはほとんど目を見開いたまま、呆《ほう》けたように口を開いて、ただただ彼女の声に耳を傾けていた。

気づけば十二時を回り、目がカラカラで肩もバキバキだった。本を閉じて睡眠導入剤を飲んでぱたりと寝て、いつものように悪夢にうなされて中途覚醒しながら途切れ途切れで寝て、早くに目を覚まし、朝ご飯を食べると再び続きを読んだ。

希望と絶望が同時に訪れる彼女の心の痛みに自分の胸を焦がし、それでも彼女が諦めずに一つひとつ手に入れようとした自由への震えにわたし自身の一部が解き放たれて、涙を流した。行きつ戻りつ揺れ動く彼女の心情に、自分を重ねてまた泣いた。夫がつくってくれた昼ご飯と晩ご飯を食べる以外はひたすら読み続けて、絶対に諦めないタラに引きずられるように最後の一頁まで読み終える頃にはまた夜中になっていた。

深い深い森から生還した。そんな気分だった。

わたしは再び薬を飲んで布団に潜り込んだ。その夜は一度も中途覚醒せずに、夢も見ずに、起きると八時間が経っていた。そんなに長い時間ぶっ通しで寝られたのは何年ぶりだろう。

たっぷり寝たのに頭が激しくずきずきした。夫に言うと「本の読みすぎやろ」と軽く返ってきた。

あんなに高速回転していたわたしの脳は、何事もなかったかのように静かに、むしろのろのろと動いていて、なんだか急にどっと疲れた気がした。また夫に言うと「寝すぎやろ」と返ってきた。

『エデュケーション』には、いわば親にマインドコントロールされていたタラが、自分だと思っていたものが、自分ではないと気づくプロセスが描かれているのだが、わたしが本書を読んで得た最も大きな発見は、親に洗脳されていたタラがそうであるように、わたしも「自分を知らない」ということだった。

子どもの頃から親に怒られたり、言われ続けたりした刷り込みのようなもの。気づかないうちに自分にはりついて「自分」だと疑わなかったもの。わたしは親や大人に反発する気持ちが強くて、性格をこじらせて天邪鬼《あまのじゃく》でずるく小賢《こざか》しい人間になった。自分をそう思い込んできたけれど、それは本当に「自分」だったのだろうか。そう思い込まされて、いつしか自分で勝手に信じ込んできたのではないか。

タラの語りにどう助けてもらったのかわからない。はたして自分がどう助かったのかもわからない。ただ、自分のこじれを指摘されて、根本がぐらぐら揺れている理由の「どうしようもなさ」をタラが共有してくれて、考えることを諦めさせてくれた気がするのだ。

圧倒的なすごい力で触れてきて、自分をどこか手放すようなことをさせて、結果的にいちばんしんどいところから脱け出させてくれたのがタラ・ウェストーバーの『エデュケーション』だった。

そんな月曜の朝、午前診の受付ぎりぎりで精神科に滑り込んで、担当医の先生に「自分で自分をコントロールできなくて、頭のなかでずっとひとりでしゃべっちゃってました」と土曜日からの出来事を説明したところ、先生はそれまで見たことのない真剣な表情で、注意深く言葉を拾いながら聞き終えてから、「軽い躁っぽい状態だったんだね。でも、もう大丈夫。あなたは自分も誰かも傷つけないよ」とわたしの目を見た。

先生と話していると、あの異常事態とは違う状態に自分がいるという実感が湧いた。苦しくて死にたいと思ったけれど死なずに生きていて、狂うかと思ったけど、それも避けられたようだ。とにかく生き延びたのだ。

できるだけ考え込まないで、よく寝ましょう。先生が睡眠の薬を少し強めに調整してくれて、帰宅した。張り詰めていた緊張が解けて腰が抜けそうに力も気も抜けた気がした。頭はどこかふわふわと所在なく、自分が自分でないような、言いようのない心許《こころもと》なさがわたしを包み込んでいた。

大震災と母の看取りのフラッシュバック

その日以来、自分がぐらぐらと揺れている感触がいつもあった。気分的にも、身体的感覚としても。二〇二〇年はパンデミックが起きて、わたしだけではない、誰もが疲れきった師走を迎えていたので、わたしが不調になったところであまり驚く人もいなかった。そもそも夫くらいしか会う予定もなければ、忘年会もないひっそりとした師走だったこともある。

身体がどーんと重くて起き上がれない日も増え、言葉少なで、感情の起伏もなく、明らかに不安定なわたしの心身の調子を察し、かつて自身もメンタル不調を経験したことのある夫はなにも言わずに買い物に行き料理をして、食事をつくり洗い物までしてくれて、わたしはただ生きているだけでいいような状況になった。

この一年、春には夫が心臓病で入院し、初夏に愛猫を看取り、秋には夫が怪我で再び入院した。いろんなことがあった。そりゃ疲れも出るよね。メンタルもやられるよね。自分でそんなふうに理解して年末年始はひっそりひっそりと息を殺すように過ごして、二〇二一年が明けた。

その年の二月、わたしは五十を迎えるので、普段はそんなことは全くしないのだが、自分へのご褒美としてオンラインの講座を誕生日記念に申し込んでいた。『急に具合が悪くなる』という哲学者の宮野真生子《まきこ》さんとの往復書簡本に感銘を受けた人類学者の磯野真穂さんによる「他者と関わる」という五回の連続講座だった。

だがわたしは十二月の異変以来、パソコンやスマホの液晶画面を長時間見ることができなくなっていた。自分がぐらぐら揺れているという気分、体感から、画面を見ると目が回ってしまうのだ。スクロールすると乗り物酔いしたように嘔吐《おうと》することもあり、怖くなって必要最低限の限られた時間だけ、恐る恐る画面をのぞくので精一杯。講座はほとんど視聴が叶《かな》わなかった。正直それどころではなく、仕事も融通が利くものは調整してもらい、休み休みで最低限より少ない量をこなした。完全に手放すことも可能だったが、それはむしろ自分の心許なさを悪い意味で刺激するような気がして、ゼロにはしないでなにかをやっていたかった。

もう躁のような思考の空回りはなかったが、暗く重たい気分と身体感覚で、以前のようには動けない。そんな身も心も重たい年明け、テレビのニュースは感染症による報道が多かった。わたしの暮らす神戸では感染症を受け入れる地域の中核の総合病院がいつも報道で映し出される。病院はポートアイランドという人工島にあり、そのすぐそばにはわたしが新卒で働いていたアパレルの本社があった。

一九九五年に大地震が起きたとき、わたしは自宅から倒壊した家屋のがれきを踏みながら通勤していたことを思い出した。もう二十五年以上も前のことだ。毎年一月が来ると思い出しはするが、遠い記憶にもなっている。なのにわたしはそのときに限ってものすごくリアルに震災のことを思い出し始めたのだ。

液状化現象で地面がぼこぼこに凹《へこ》んだ道、思い出のたくさんある街並みが見るも無惨に崩れていたのを目にしたあの衝撃、火事で被災して連絡の取れなくなった友人、どうして神戸がと悔しくて悲しくてでもどうにもならない無力感。二十五歳の頃、自分の日常が奪われたことへの無念のようなものも、まるでたったいまのように鮮烈に蘇ってくる。震災関連の映像を目にすると、胸が切り刻まれるように涙があふれて嗚咽《おえつ》がこみ上げる。

一月十七日を前後に報道が増えることもあり、わたしは二十六年前に戻って一月の中頃を泣いて暮らした。

それが落ち着くと、二月が迫っていることに気づいた。

その四年前のちょうど一月下旬、わたしはポートアイランドの病院に通っていた。感染症の受け入れ先として映し出される病院は、母の最後の入院先でもあったのだ。

病院の映像を目にする度に胸がきりりと痛くなり、今度は母を看取った当時のフラッシュバックが始まった。母の入院初日に病室に入り、荷物を置いたとき目にした光景。母の容態が急変して余命宣告を受けたときの先生の顔。病院内にあるタリーズのコーヒーを母と一緒に飲んだときのたあいもないやり取り。兄や弟、家族との苦しい会話。母からのメールの一文一文。心の底の底に沈めていた当時の記憶を掘り起こして、四年前のその日その瞬間に起きたこと、見たこと、感じたことをなぞり確認することが止められない。

それまでの人生で最も過酷に感じたあの時間を、わたしはなに一つ忘れていなかった。苦悶《くもん》を浮かべる母の顔や悲痛な声もありありと思い出し、当時と同じようにどうにもならなさに打ちひしがれ、母に迫る死への恐怖でわたしの心臓はばくばくと音を立て、全身が引き裂かれるようだった。

二月一日、母の命日であるその日の、彼女が息を止めた時間を過ぎると、わたしはこれ以上なく安堵《あんど》した。母はもう苦しまなくてもいいのだ。ようやく穏やかに眠りについたのだと。

そんなふうにほっとして、わたしは自分に対して悲痛な心持ちがした。母を二度も死なせてしまったのだと。わたしは母が亡くなったあとよりもっと、強い悲しみに囚われているような気がした。子どもの頃にしてあげられなかったこと、生きたかった母から奪ってしまったもの。そんな母に対する後悔しか自分のなかから出なかった。

これがパニック障害？　不安障害？

数日後、二月の月一の精神科の通院時のこと。

「先生、一月は母の看取りで辛かったです」小さな声でぼそぼそと打ち明けた。

「お母さま、亡くなったの？　それは辛かったね。いつ？」

「四年前です」

「え、四年前？　思い出したってこと？」

ニュース報道を目にして、なぜか数年前の体験が生々しく蘇ったこと。神戸の大震災についてもなぜか今さらのように当時の記憶が次々と思い出されたことを先生に説明するなかで、わたしの口から出たことが他にもあった。

「母の看取りには後悔が残ってるんですが、シャー、あ、猫なんですけど、十三年以上一緒に暮らしていた猫の看取りは、後悔のないようにやりきったんです。半年ほど前のことです。衰弱する猫を見るのは、母の最期の姿と重なって辛かったけど、母にできなかったことができました。だから余計に母のことがやりきれなくて……。うん、でも、ようやく母も眠ってもう大丈夫だと思います」

「あなた自身が大丈夫ってこと？」

「いえ、母が」

「お母さんはもうおられないから、辛くないよね」

「自分が死んでも娘がこんなことでめそめそして情けないだろうし、心配してると思います」

「でも、もうお母さまは亡くなられてるんだよね」

「そうです。いません」

「いないけど心配するの？」

「できませんよね。えー？　でも心配してると思う。おかしいですよね。こんなおかしい娘で情けない」

　先生はじっとわたしの顔を見て、「寝られてる？」と睡眠について確認し、頷《うなず》くわたしを見て少し安心したようだった。

「先生、そういえば、なんかずっとぐらぐらしてるんです。十二月頃から自分が揺れてるような感覚があって。気分的な感覚かなと流してたんですが、なんていうかめまいみたいな浮遊感があります。ずっと飛行機に乗ってるときみたいに、ふわふわゆらゆら揺れてるような」

「動悸《どうき》はある？」

「めちゃありります。一月は母のことで胸のあたりがひりひり痛くて引き裂かれるように感じたのと、心臓が急にばくばくばくっと激しく動くので怖くなるんです。でも血圧も正常で脈拍は一〇〇くらいだし、数分でおさまります」

「息苦しくなったりする？」

「あ、急に呼吸の仕方がわからなくなるときがあります！　死ぬかと思うけど、すぐに戻ります」

「それはパニック発作かもしれないね」

「ええええ!?」

わたしはそれはないと驚いた。

「先生、夫がパニック障害になったときは、倒れて救急車で運ばれてましたよ。そういうの全然ないですよ」

実はわたしの主治医は、夫の元主治医でもある。十五年ほど前、夫がパニック障害と軽いうつを経験したときに助けてくれたのも、このT先生だったのだ。

少し説明がまどろっこしくなるので、時系列で書くとこうなる。

過去に夫が心身の不調で困っていたとき、わたしの飲み友達であり、夫も親しく付き合っていた精神科医が、彼の先輩の開業医を紹介してくれた。それがT先生。

夫はいまでは元気すぎて、飲み食いが旺盛で、生活習慣病のような心臓病で入院したり、酒の量も気になるし、わたしたち夫婦の間では酒によるいざこざが頻発していていささか面倒だ。ということがわたし自身の不安ともなって、どうにかしたいという相談を、わたしが精神科医の友人にまた持ちかけたところ、彼が再び勧めてくれたのが、T先生というわけである。

わたしにとっては、夫について改めて説明しなくても「わかってもらえる」という安心感もあった。

話を戻す。夫がパニック発作を起こした際は、ばたりと倒れるような症状だったので、ちょっと心臓がどきどきするくらいの自分が？　まさか？　と信じがたかった。

先生によると、わたしの現状は確かに軽症ではあるけれど、いつ急な発作が起きて気を失うかわからないとのことだ。まぢか。怖すぎる。ただでさえ不安なことが多いのに、自分が倒れるかもしれないという不安まで。「不安ばっかで自分が面倒すぎてうんざりします」と先生にぼやいてしまった。

「不安になるの？」

「毎日、ほとんど不安です。でもみんな不安ですよね？」

「そうやなあ。その不安ってどんなふうに出てくる？　自分で不安を探したりしてない？自分で不安をつくるような感じで。そんなん、しんどいよなあ」

「めっちゃしんどいです！」

「しんどいのに、自分でわざわざ不安をつくっちゃうのが不安障害やねん。身体にも反応が出てるから、だいぶしんどそうやなあ。薬、飲んでみる？」

「薬はちょっと怖いけど、試して合わなかったら、飲まなくても大丈夫ですか？」

「うん、大丈夫やで。飲まなかったらええだけやから。弱いのんで試してみよか。浮遊感とか動悸とか止まったら楽でしょ？」

「これが消えるならほんとに楽です、試します！」

不安障害とは、自分が生み出す「根拠のない不安」が、新たな「不安」を生むという病のようだ。なによりしんどいのは「不安のループ」から抜け出せないような思考の囚われだ。その囚われはわたし自身がつくり出している。なぜ、なぜ、なぜ。考えると不安になるので、処方された薬を早速飲んでみた。なんとなくふわふわする浮遊感がましになった気がする。気のせいかもしれないが、嬉しくなった。不安で埋め尽くされたわたしの心に、小さな灯りがぽっとともったような感触に泣きそうになる。

この灯りが大きくなれば、わたしはこのわけのわからない苦しさから脱け出せるのかもしれない。胸のあたりにかすかにともる小さなその灯りを、ぎゅっと抱きしめたくなった。大事にしよう。

そして迎えた五十の誕生日、あんなに節目に感じていたはずなのに、「自分なんか生まれてきてどうなのか」というネガティブな気持ちしかもてなかった。五十にもなって中学生のように「自分」をこじらせるなんて、恥ずかしくてひたすら痛い。

太陽が姿を現すことのない、薄暗く凍てついた世界が「自分」のなかに広がっているように感じた。暗く淀《よど》んだダークサイドにわたしは墜《お》ちてしまったのかもしれない。なぜ、なぜとやっぱり考えてしまう脳を、薬が少しぼんやりさせてくれていた。

【この章に登場した本】

鳥羽和久『おやときどきこども』ナナロク社、二〇二〇年

タラ・ウェストーバー（著）、村井理子（訳）『エデュケーション――大学は私の人生を変えた』早川書房、二〇二〇年

宮野真生子、磯野真穂『急に具合が悪くなる』晶文社、二〇一九年

第四章
ほんの小さな第一歩

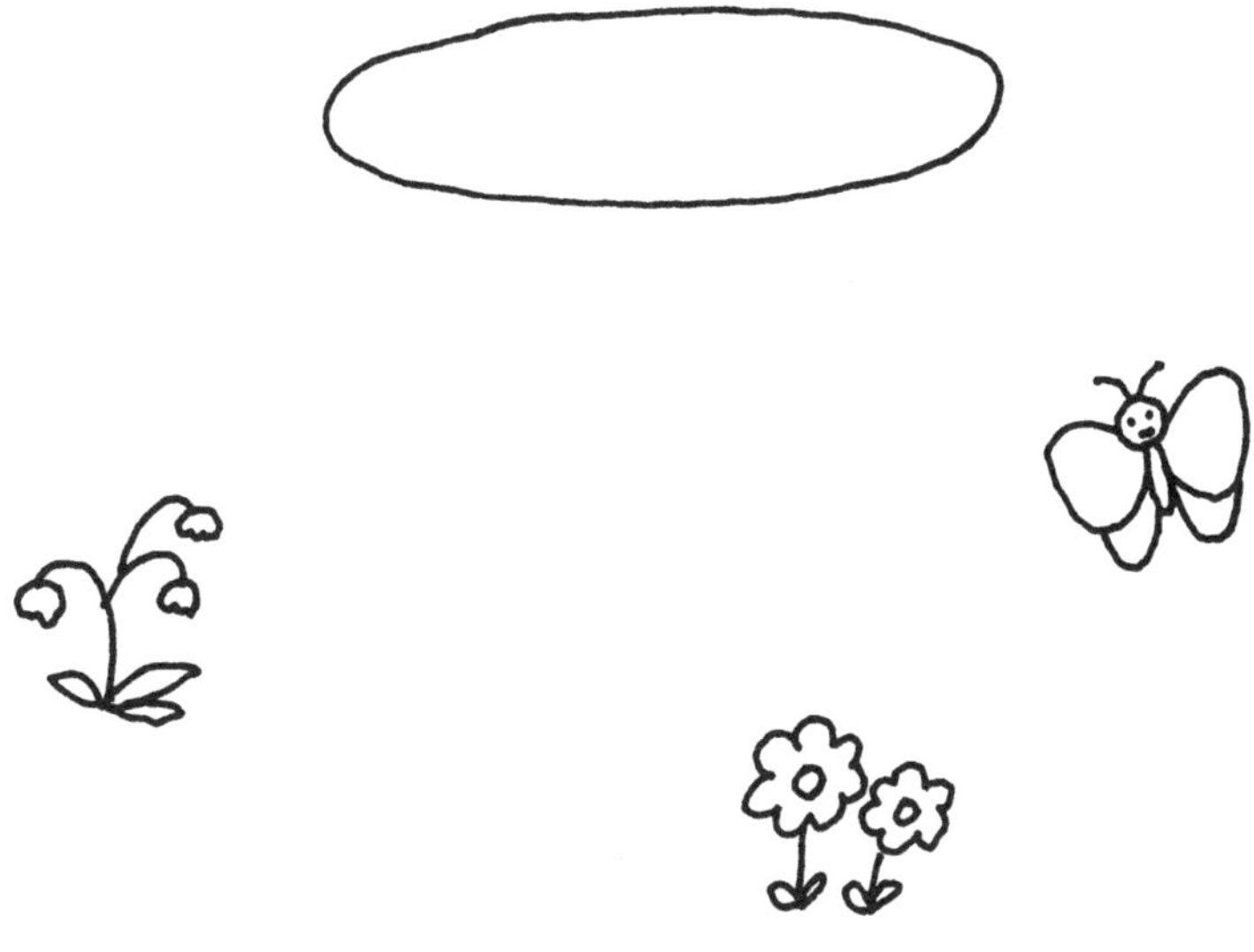

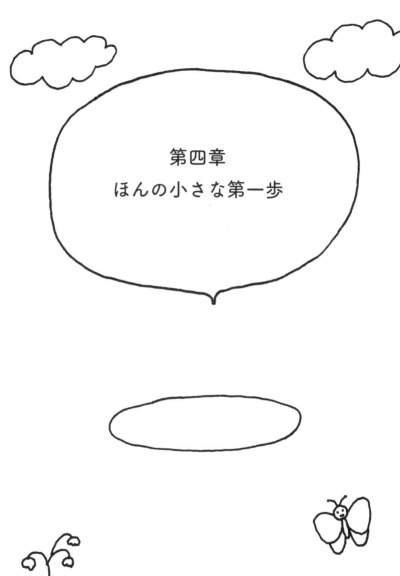

過去を振り返って自ら心を傷だらけにする絶不調の日々だったが、身体がしんどくて布団から起き上がれなくなり、どんより寝込んだのは実はほんの数日だった。

ピアニストが一日練習をしないだけで指が動かなくなるなんて話を聞くが、わたしも二、三日寝ついただけなのに、明らかに体感が変わり動きが鈍くなった感触があった。

そこに覆《おお》い被《かぶ》さってきたのが例の浮遊感だ。ひどいときは手すりに掴《つか》まらないと倒れるのではないかと足がすくむほどで、船酔いのような吐き気までする（といっても、わたしはほとんど乗り物酔いしないのだが）。

ご飯を食べるためにダイニングのイスに座っていても、箸の先を見るだけで揺れて目が回る。とても味わうどころではなく、口に入れるだけでふぅふぅ、はあはあと必死。万事がそんな感じで、なにをするにも時間がかかり、そんな自分に「なぜ、なぜ」と落ち込むと、いっそうしんどい気分でまた動けないという無限ループ……。

地面がふわふわ揺れるのが怖くて、できるだけ足を床から離さないように、そろりそろりとすり足で歩くようになった。「怖い」という感覚は、感情に近い。勝手にあふれ出る。どうすれば「怖さ」から解き放たれるのか、いくら考えてもわからなかった。

そのときの自分に、いまのわたしならどんな声をかけるだろうか。正直なところいまもよくわからない。むしろ、黙ってそばにいて、見守るしかできないと思う。

身体は動きたがっている

この揺れは、身体の不調なのか、心の不調なのか。それが本当にあるのか、気のせいなのか。

わからないことだらけだが、確かなことがある。揺れが怖くて布団にくるまっていても、わたしの場合は、眠れるわけでも、疲れが取れて身体が軽くなるわけでもない。

寝転んでいても解決しないばかりか、やることのない頭が次々とネガティブな想像を生むので気持ちが鬱々とするし、なんだよ、これ、と悔しさで腹が立ってきた。

寝てたって解決しねーんだよ！　自分に逆ギレするように布団をはねのけて起き上がってみると、そっちのほうがなんとなくマシな気がする。どうやら身体は寝たがっているわけではないらしい。

数日とはいえなにもせずに横になって身体を休めたからこそ、頭も少し落ち着いて、身体の声を聞き取ってくれたのかもしれない。

わたしたちには心と身体がある。そして、身体のほうが頭がいい。

いまはお休みしているが、合気道で師事している内田樹先生から、このことをわたしは学んでいたではないか。頭で考えるより身体が先に動くということも。

確かに頭は大混乱中で、わたしにはうまく考えることができない。師の言葉を反芻《はんすう》しながら、身体のほうに耳を傾けてみると、どうやらわたしの身体は動きたがっている。

でも、真っ直ぐに立つこともできないこの身体で、できることはあるのだろうか。

浮遊感が出てからも、自転車だけは揺れを気にせずに乗ることができた。歩くと上下に揺れて気持ちが悪いが、自転車は走行中に車体も身体も揺れているせいか、かえって揺れが気にならないのだ。

そのためわたしはちょっとの距離でも自転車で移動して、でもぼんやりしていたのか、道路の凸凹に気づかずやたらと小さく転《こ》けて、自転車を路面にぶつけていた。あるときいくら漕《こ》いでも真っ直ぐに進まなくなり、自転車屋さんで見てもらったところ、「ハンドルがかなり歪《ゆが》んでますね。こんなに歪んでいたら、車酔いしちゃうみたいになってませんでしたか」と驚かれたことがある。

普通なら乗り物酔いするはずの状況なのに、わたしは気づいてもいなかったのだ。自分の感覚がますます信じられない。逆にいうと、自分の気のせいと信じてなかば諦めかけていた揺れも、やっぱりなにか原因があるのかもしれない。そんな希望の灯りが頭にぽっと浮かんだ。

病院に行くのも「行動」

その四年前、母を看取った半年後から二時間おきに目覚めてしまうような中途覚醒が始まった際、最初に駆け込んだのは婦人科だった。当時は目がぐるぐる回るようなめまいもたまにあり、そうしためまいも不眠も更年期障害に多く見られる症状だったからだ。

インターネットで探したそのレディースクリニックを選んだのは、漢方医でもある女医さんがいることが決め手だった。四十代後半、更年期障害と呼ばれる症状が出ても出なくても、わたしは更年期の真っただ中にいることは間違いがない。閉経を挟んで十年ほどといわれる更年期に、漢方というアプローチでゆるやかに身体と向き合うことができればいいなと考えたのもある。

四年前は血液検査の結果、まだ更年期というには早いという診断だったが、卵巣に嚢腫《のうしゅ》があることを指摘されて、それ以降、経過観察として一年に一度は血液検査を受け、ホルモン数値も計測している。病院にあるカルテはわたしの身体のデータの集積、記録である。四年蓄積された過去データをもとに、現在の状況を把握してもらえるのは心強い。

パステルトーンで統一された明るい雰囲気のレディースクリニックで、担当医である女医さんに最近になって現れた浮遊感について相談すると、念のために血液検査をしましょうとなった。でも結果を見てみると、女性ホルモンの数値はやっぱり更年期特有の症状が出るほど極端ではないとのことだった。

「そういえば」と電子カルテをスクロールしながら、先生は心配そうにわたしの顔をのぞき込んだ。「前にもめまいと不眠があったようですが、睡眠はあれからどうですか？」

いまは信頼できる精神科クリニックで睡眠導入剤を処方してもらっていること。そして実は、という感じで「ここ数カ月の話なんですが、不安障害で抗不安薬も出してもらっていて」とぼそぼそ打ち明けた。

うんうんと相づちを打っていた先生が、わたしを励ますように教えてくれた。

「心因性の症状と更年期の症状は似てるものも多いし、心因性のストレスがきっかけで、更年期の症状が強く出るってこともあるんですよ。あと、めまいは原因がいろいろあって、重大な病気の場合もあるし。数値的には身体はそこまで問題なさそうなので、そっち（精神科）でしっかり治療するのもいいと思いますよ」と。

付き合いの長い病院というのは、わたしにとって信頼する専門家が話を聞いてくれて、なにかしら意見がもらえる場所だ。わたしの妄想というか想像ではない、確かな声が聞けるのは、不安ではちきれそうなわたしには貴重な機会でもある。

血液検査の結果から、特に深刻な病気もなさそうで、身体は思ったよりも元気そうだ（体感とは異なるが）。それは小さな安心の材料ともなる。

やる気というにはほど遠いが、「病院へ行く」ことが目的となり、わたし自身を動かしてくれる。訪れる人がわたしと同様にみんな元気のない病院なら、弱ったわたしの心にもやさしい。そんなわけで、他にも気になる病院に行ってみることにした。

めまいといえばメニエール病という単純なイメージから、三半規管の不調を疑ってまずは耳鼻科へ。しかしどうやら該当しなそうだ。次は目の焦点がぼやけるようにも感じるので、高度医療設備のある眼科で精密検査に申し込んだ。こちらでも加齢による変化はあっても、特に大きな異常はないという診断結果だ。そうか……。ただ、その眼科の院長先生は古くからのわたしの飲み友達で、同世代の女性。「お互いに年を重ねましたね」「労《いたわ》り合っていきましょう」なんて久しぶりに話ができたのが嬉しかった。

もともとの強度の近眼に加えて、老眼が始まっているのに見えにくさをほったらかしていた眼鏡もつくり替えることにした。若い頃から通っている眼鏡屋さんなので、めまいについても話しつつ、ちょっと気分が上がるようなデザインを勧めてもらえた。

こうやって書くと、わたしはむしろ活発に動き回っているように聞こえるかもしれない。でも、実情はそうでもない。

身体の動かない日は気が重い以上に絶望的に身体が重い。病院に行くなんてとてつもなくハードルが高い。ベッドから身体を起こす気力が湧いてこない。目がくるくる回るなかで、めまいがまだマシと思った瞬間を逃さないようにパソコンを開き、病院のサイトで予約画面に入力して、ふぅーっと座り込む。当日になってしんどかったら、前もって予約していてもキャンセルを繰り返したことも多々（ごめんなさい）。そんなふうに全く予定どおりにはいかないなかで、自分を騙すように病院に連れ込んで、通院日はそれだけで気力を使い果たして一日が終わるみたいな日々だった。他の日はスマホの歩数計が一五四歩とか、そんなレベルで。

めまいの原因もわからないし、具体的な解決策にはつながらなかったが、そうやって動いていると、「自分は、自分は……」と考えずにすむことがありがたかった。

自分の行動が良いか悪いか。一つずつジャッジしたがるのもわたしの思考のクセで、気分は振り回されたが、どうやら動いている限り身体には悪くない。

自分にとって「悪くない」ものを小さく小さく増やしていく。それが自分にできる数少ないことのように思えた。

同時に、わたしには全力で取り組んでいたことがある。それは「しない」ことだった。

家事を諦めるという難問

病院をはしごするなかで、決まって助言されたことがある。

「青山さん、だいぶ疲れてるようなので、少し休んだほうがいいかも」

そんな感じでやんわりと。

その頃、メンタル不調経験の先輩である夫は、全方位ますます不安定なわたしの様子を見て「無理せえへんほうがええで」と、生活の全般を気遣ってくれていた。買い物や食事の用意、洗濯やゴミ出し、簡単な掃除など、基本的に夫がやる。わたしはできることだけやればいい。そして、わたしはほとんどなにもできない。そんな感じになった。

これは我が家ではとてつもない変化だった。夫は料理が好きでこれまでもやりたいときに買ってでていたが、その他の家事は自分が気になったとき程度でほとんどタッチしなかった。以前、バタバタしていて「洗濯物を入れて」と頼んだら、「どうやったらええんや?」と返答があり絶句した。濡れた衣類を干すやり方が「わからない」という可能性はあるのかもしれない。でも洗濯物を入れる方法が「わからない」なんてことある? 洗濯ばさみを外して部屋のどこかに置くだけなんだから。彼にとって家事は「自分のすること」ではなかったのだと思う。昭和生まれの女性がいる家庭の多くがそうであるように、わたしはごく当たり前に掃除、洗濯、日用品の補充といった家を整える雑事を担っていた。子どもの頃から「女がやるもの」と言いつけられていたので、「そういうもの」という諦めはほとんど無意識のレベルにあっただろう。

そんなわたしと「夫」という「家族」との関係性、そして暮らす家という「場の環境」が激変したのだ。同時に、わたし自身も「変わろう」としていた。本当に心から自分を変えたかった。

例えば、部屋が自分の思うように片付いていなくても気にしないなど、それまで自分で自分に課していた小さな「〜すべき」ことを手放していった。いや、手放そうと努めた。これはなかなかの難問だった。

家事なんて心からやりたくないし、「やらなくてもいい」と夫に言われても、「なにもしない」自分に対して、自分自身が落ち着かないのだ。

夫が食事の用意をする台所から聞こえる音に、責められている気がするし、食後にお皿を洗わないで座っている自分を夫は腹立たしく思っているのではないかと歪んだ想像が膨らみ、こんなにしんどいのにどうしてわたしを責めるのかと腹が立ってくる（ひと言も責められていない）。

あふれ出る被害妄想にうんざりして、こんなに落ち着かないなら自分で洗おうと、心からやりたくない気持ちと、やったほうが気が楽だという気持ちに引き裂かれながらスポンジで皿を洗っていると、悔しくて涙が止まらなくなったことがある。

やりたくないことを我慢してやろうとする自分と、こんなこともできなくなった自分に対して。

泣きながら泡を流すわたしに夫はドン引きして、やめとけよ、と無理に替わろうとしたのがさらにわたしの負のスイッチを入れて、「やりたいことはやらせてくれてもいいでしょ」と意味不明にぶち切れた。そんなふうに切れる自分が申し訳なく情けなく、やっぱり自分がわからない。やりたいこと、ほんとの自分の気持ちがわからない。意地になる自分の愚かさだけはわかる。こんなふうにこじらせてしまったのは、やはり自身のせいだと責めたくなる。

そんなときは自虐のループに陥《おちい》らないようになんとか自分を制して、心を「無」にする努力をした。例えば、流れる水をただ眺めるとか、猫を撫でるとかして、自分の意識を飛ばすことを必死に心がけた。

家事を諦めることは相当にハードルが高く、自分に刷り込まれたものがここまで強固だとは……と頑固さに打ちひしがれるほどに簡単ではなかった。

それでも「しない」という選択ができたのは、身体がしんどくて「できない」からだった。身体が諦めさせてくれたのだ。元気で「できた」なら、わたしは「〜すべき」と思い込んだことをし続けていたと思う。いまも変わらず。

　また、以前なら夫が掃除したやり方が気に入らず、「ここの汚れが取れてない」などと自分のルールで文句をつけていたのだが、そもそも自分の目についたところしか、気にも留められていなかったわけで。正直、ちょっと汚れてたってなんか問題ある？　病気にならない程度のほこりなら必死にならんでええやん。なんでわたしはそんな必死になってたんや……とまたも自分を責めたり。

　ぐちゃぐちゃに心を揺らしているわたしに、なにも要求せず、深く詮索することもなく、ひたすら夫からの協力が全面的に得られたことは、本当に幸運だったと思う。その幸運が彼自身の不調経験によるものだと想像すると、複雑ではあるが。また、当時は夫自身も心臓病や怪我からの病み上がりだったので、かなりしんどかっただろう。でも、そのことに気を回す余裕はわたしには一ミリもなかった……。

　さておき、そこまである意味、環境が整っていても、「家事をしない＝なにもしてない」気がして、後ろめたさと申し訳なさで自虐する思考のループは簡単には止められなかった。「気にするな」と夫に言われても、「気になる」のが「気の病」。本当に難しい。

「保留」にできた仕事

最初に、大きな難問に思えた家事を、少しずつでも手放すことができ始めたのが良かったのかもしれない。わたしはもう一つ気になっていた大きな負担も見直すことにした。カツカツに抱えていた仕事だ。自著を含めて三冊同時に抱えていた書籍の執筆、並行して四冊目以降の打ち合わせ。レギュラーで関わっていた編集の仕事を複数。

仕事先の皆さん一人ずつに時間をかけてメールを書いた。

迷惑をかけることに対する申し訳なさと、せっかくやりたいと思っていた仕事を諦めねばならないことの無念さで、力なく叩くキーボードにぽたぽた涙が落ちた。もちろん簡単には止められない案件もあり、いくつかは無理のない範囲で継続しつつ、でもひとまずちょっと休むことができる状況をつくれたことは、心から良かったと思う。

慢性的な過労でよろよろになっていたことと、常に釘のように頭に刺さっている締切による精神的圧迫があったことから解放されたことは、身体を休めることにつながった。ほぼ過労だった気がする。

仕事を中断するお詫びは心苦しいことだったが、親しい人に自分が困っていることや悩んでいることを話すことができる機会ともなった。メールや電話で、一人ずつ、少しずつ、話せることを話せる人に。一週間で一人に話ができるかどうか、そんなノロノロさではあったが。誰もが心から心配してくれて、話を聞いてくれて、暗く重たい心に明るい日差しを当ててもらうようでもあった。

また、ほとんどの仕事を「保留」にできたことは幸いだった。切られたら辛いという、わたしの都合でしかない思いもあり、そこを曖昧にしてもらえたことで、自分に逃げ場があったようにも思う。

いちばん近くにいる家族に助けてもらう。

家族以外の信頼する人に助けてもらう。

自分が主宰していたオンラインの文章講座の存在も、思いがけずわたしを大きく助けてくれた。マンツーマンで進める親密な場ということもあり、受講生の皆さんにも正直に事情を伝えられて、かなりスローペースでの進行に変更してもらった。

自身の不調を打ち明けて「すみません、いまは無理です」と泣きつくようなメールを送っても、揃《そろ》って「いつでも大丈夫です」とただただ信じて待ってくれたのだ。誰かに信じてもらえる。見守ってもらえる。それがこんなにも心強いもので、言葉のやり取りに希望を与えられることをわたしが教えられた。親密な場で温かい言葉をもらい、めちゃくちゃ励まされた。いまも忘れない。

書くを手放す

混乱する頭を騙し騙し、状況整理をしながらひと月が過ぎて、精神科の通院日がやってきた。

「書くことは、ご飯を食べる（生計を立てる）意味もあるんです。だから、手放すのは逆に怖いんですけど、一旦保留にさせてもらって……」

「うんうん。そうやね。いまはちょっとやめたほうがいいなあ」

「実はここ一カ月ほど書きたいけど書けなくて、作業的な仕事だけしてるんです」

「書くって自分を見ることやもんね。また書けるようになるために、ひとまずちょっと休憩して、まずは不安にならないようにするっていうの、どう？」

「不安にはなるけど……。あ、でも書けないけど読むことはできてます。読むのはいいですか？」

「読んでしんどくならないものは大丈夫ですよ。寝るのはどう？」

「そこそこ寝られてるし、ご飯も時間はかかるけど食べてます」

「すごくいいと思うよ。いまはよく寝てよく食べて、散歩したりするのがいいよ」

「えーでもなんにもしてなくて、いいのかなあ」

「いいよ、いいよ。うんうん」

こう書くと、めちゃめちゃ当たり前やんと思うが、そんなことにさえも迷い不安を感じるのがデフォルトのわたしであった。不安しかないわたしだが、夫の主治医でもあったT先生に対する信頼は揺るぎなかった。

また、夫が回復していく経過を横で目にしてきた経験が、「自分も必ず回復する」という確信を生んでいた。そして夫の場合、一年ですっきりというわけではなく、それ以降も調子には波があり、十年ほど経ってみれば、そういえばもうパニック発作みたいな症状がなくなったよね。そんなものすごく気の長い話だった。というわけで、時間がかかることも頭では理解していた。

だから、わたしも焦るのはやめて、そのときの自分をとりあえず「見て」いこう。現状確認でオッケー（内容はオッケーじゃなくても）。そういうふうに自分を捉えようとした。

自分はコントロールできない

一本の草木も生えていない見渡す限りのどす黒く暗い沼地にいて、自分が進むべき方向がわからない。動く度に足が泥にからめとられるような、絶望的に孤独な迷路に迷い込んでしまった気がして、つまり不安しかない。そんなことを漏らすわたしに、T先生は「みんなそうだよ。誰しも不安なんだよ」とも言った。「先生もですか!?」と食いつくわたしに、「そうやで」と真剣な顔で頷いた。

「でも、普通に生きていけてるんですよね。わたしも前はこんなこと考えずに動けていました。不安なんていちいち考えなかったのに」

「自分ってね、案外コントロールできないものやねん。いまは考えてしまうのも、それは青山さんが決めてやってることじゃないでしょう。考えないようにしていられるのも、自分で決めてできてるわけじゃないねん」

「じゃあ、誰が決めてるんですか？」

「人がなぜそのように行動するのかは、もともとの遺伝子と、その人が育った環境でプログラムされるねん。そのプログラムに従って、私たちは動かされてるって感じかなあ。自分で自分をコントロールできへん。そういうもんやねん」

遺伝子!?　プログラム!?　なんだか衝撃的ではないか。それってわたしにはどうしようもなくない？

「自分で自分をコントロールすることはできない」という言葉も深く突き刺さり、絶え間なく不安を生み出す思考すらストップさせる強さでわたしの頭に響いてきた。

「自分では自分を決められない」「自分では自分を……」

目を白黒させながらぶつぶつと復唱するわたしに、先生は「ほんとに眠れてる？」と睡眠について念入りに確認した。

「薬さえ飲めば、すこんと眠れます。脳が休めと言ってくれる気がするんです。脳って案外かしこいなって」

そう伝えると、先生は少し安心したような顔をわたしに向けた。

「そうや、揺れるって言ってたけど、あれはどう？」

「いただいた抗不安薬を飲んだら、ちょっとは、うーん、マシかなあ」

あんまり効かないという意味で答えたのだが逆の意味で伝わったようで、「え、効いたん？」と驚いた顔を見せた。その瞬間、「あの薬は揺れには効かないのか」とわたしの脳は理解したようで、その後は全く効果を見せなくなった（翌月、先生にそのことを報告したら苦笑していた）。

薬が効くか、効かないか。気の持ちようが大きく影響することを改めて納得した上で、わたしはその「気の持ちよう」といった、「自分のやり方」みたいなものを自分自身で変える必要があると感じた。

「先生、わたし、自分を変えたいんです」

「そうなん？　なんで？」

「いまの自分のやり方が自分で不安だから……」

「そっかー。うんうん。少しずつやってみよっか。でも、あんまり焦らないようにね」

先生はちょっと思案して、「認知行動療法も今後やっていってもいいかもね」と独り言のように呟いた。

「でも、まずは身体を休めて、寝られるだけ寝ることを大事にしてみてね」と念を押し、おまけのように付け足した。

「もし頭になにか浮かんだら、それがどんなものか意識してみてくれる？　なにが浮かんだか、気に留めるだけでいいから。くれぐれも考え込まないようにね～」

メンタル本で学んだセルフケア

先生が正しく危惧《きぐ》したように、わたしは病院を出て、薬局で薬を待つ間に、早速自分の頭に浮かぶあれこれを一つひとつガン見して細かく点検して、即座にめちゃくちゃしんどくなった。もちろん自己嫌悪に陥った。なにこれ、うんざりだけど。って思うのも気にしたほうがいいのか、しなくていいのか、正解がわからない。やり方が合っているのかも不安だ。難しすぎる……。

「認知行動療法」という言葉は、かつて社会福祉士の国家試験を受けるために心理学を勉強した際、知識として見聞きしたことがある。わたしは薬をもらったその足でジュンク堂書店に向かい、人文書のフロアの「精神医学」コーナーで「不安障害」の入門書や、「自分でできる認知行動療法」的なワークブックを選び、何冊か買った。ワークブックはどう書き込めばいいのかやっぱりわからず、数頁で諦めた。不安障害といっても症状はさまざまで、めまいについてはさほど記述がなく、パニック発作が起きるという共通点から、改めて「パニック障害」関連の本を図書館に探しに行った。

この日以来、わたしは三宮《さんのみや》のセンター街にあるジュンク堂書店の五階、市立中央図書館の精神医学界隈のコーナーに足繁《しげ》く通うようになった。どちらにも専門書からコミックエッセイまで幅広いジャンルでものすごい種類の本が並んでいる。集中力がないので、一度に手に取れる冊数にも限りがあり、日をわけて通う必要があった。

こうした行動はわたしを自然と動かした。気怠く重たい身体を持ち上げて図書館に通い、貸出冊数めいっぱいの一〇冊の本を抱えて運ぶだけでも、結構な運動量になったはずだ。借りた全部を読んだわけではないが、「こんなにもたくさん、わたしと同じように悩んで不安になっている人がいるのか」と知れたことは、「自分だけじゃない」という励ましとして受け取れた。

わたしは子どもの頃から、知らないことは本から入る。その方法が自分にとって手っ取り早い。本をまず頼るというのは、迷いなく自分がやることで、その行為には不安をもったことがない。

本には合う、合わないがある。嫌な気持ちになる本、読むとしんどくなる本は、生理的に拒絶して読めない。内容が難しい本も意識が集中できず読むことさえできない。本は開いて眺めさえすれば（あるいは表紙や装丁からでも）、本当にわたしが読みたいか、読む必要があるのか、読むべきではないのかを教えてくれる。わたしは自分に対して「間違った本」を読むことができない。だから、自分が手に取り頁を捲れる本なら、とりあえず読んでも大丈夫。本を読むことにそんな安心があった。

思考のトレーニングに関する本を片っ端から読み、専門書は早々に無理だと気づき諦めて、できるだけ簡単そうなものを……と目に留まったのが、カウンセラーである伊藤絵美さんの著書だった。認知行動療法、マインドフルネス、スキーマ療法という専門用語がタイトルにある心理支援職向けに思える本も多かったが、素人のわたしでもこれなら読めそうと辿りついた一冊が『セルフケアの道具箱』だった。

例えば、「大きな布やストールや毛布にくるまれる」というのも、セルフケア（自分で自分を上手に助けること）のワークの一つだ。こうした具体的で日常に取り入れやすいワークが、一〇段階で一〇個ずつ、漫画家の細川貂々《てんてん》さんのイラストとともに計一〇〇通り紹介されている。

読むことがストレスになるような堅苦しい文章ではなく、伊藤さんのやわらかな語り口、ヨレヨレの身にも「見る」だけでごく自然にすーっと入ってくる「絵」。ハードルの低さがひたすらありがたかった。

心にやさしい物語の世界

図書館では児童文学のコーナーにも通うようになった。文字が大きく、難しい漢字が少なく挿絵が多い児童書も、頭が混乱しがちなわたしにはやさしい存在だったからだ。ある日、世界の名作集の並びでバーネットの『秘密の花園』に目が留まった。

わたしは石井ゆかりさんの星占いが愛読書で、運勢の良い悪いではなく、天体の動きや流れを統計学的に読み解く科学的な本とも感じていた。また、石井さんの言葉は文学的な表現が美しく、古今東西の本を読んできた人ならではの厚みに満ちている。

　そんな石井さんの著書の一冊に、バーネットの『秘密の花園』が例え話として引用されていたことを思い出し、ふと新訳版を借りてみた。遠い昔に読んだことはあったがあらすじもすっかり忘れていて、夢中になって読みふけった。

『秘密の花園』を読了するや、激しく驚いた。そこに描かれていた物語は、まさに「わたしの話だ」と感じたからだ。十二月に読んだタラ・ウェストーバーの『エデュケーション』くらい衝撃を受けた。

　児童文学の名作であるこの作品は、「春を待つ」物語だ。

　親の愛情を知らないまま孤児となり、自分の「さみしさ」にも気づけない不機嫌でつむじまがりで偏屈な少女メアリ。裕福な家庭に生まれたものの、歪んだ父の愛情表現からありもしない死の恐怖を植え付けられて、暗い部屋に引きこもっている少年コリン。広い屋敷の片隅に荒れ果てた庭を見つけたメアリが、ひとりで雑草を抜くことから始めて、次第に仲間を増やし、ついには美しい庭をつくり上げることで、自分自身の心身を回復させ、さらにはコリン父子の関係まで再生していく。

　舞台となるのは、イギリスのヨークシャーの荒涼としたムーア（荒野）。でも、凍てついた冬が過ぎ去ると、野花の咲き誇る美しい春が訪れる。そのたくましい自然のありよう、そしてそこで暮らす、口下手でどちらかといえば武骨で、でも素朴でとびきりチャーミングな人たちが、真冬のように冷え切っていた少女と少年の心を少しずつ溶かしていく。枯れて死んだように見えていた「庭」も、実は完全に死んではいなかった。冷たい土に覆われてはいても、地中の奥で根や球根は生きている。見えていないだけで。

それらが全て、わたしの心象風景そのものにも思えた。

いわばメンタル山で遭難し、荒れ狂う猛吹雪のなか身体も心もひたすら凍えて固まっている渦中のわたしには、物語に登場する不遇な少年少女はまるで同志というか仲間のように思えたし、人間の思いとは裏腹に、自然はいつでも悠々と変化し、冬のあとには必ず春が来る。わたしはいま真冬の季節にいるけれど、必ず春が来るんだ。そうも信じられた。実際に二月という酷寒の季節に読み始めたので、状況が重なってよりリアルに物語に入り込めたのかもしれない。

『秘密の花園』では、「動かないと心がくさくさして、身体にも良くない」という意味合いで、「身体を動かすことが心の健康にもつながる」というシンプルなことも、繰り返し書かれていた。閉じこもっていないで、外に出なさい。新鮮な空気を吸いなさい、と。

少女に向けられた言葉が、たったいま思うように動けない、動かない自分にも響いてきて憑依《ひょうい》されるように物語に没入した。寒さが落ち着いて少し暖かくなったら、近所の山でも散歩してみよう。そんなことしかできない気がする。でも、そんなことならできるかもしれない。そう想像すると、思ってもない春が待っているようにも思えた。

すぐれた物語は心をぐいっと引っ張って、全く違う場所に連れていってくれる。できないことばかりのわたしだけれど、こうして物語を、本を読むことはできる。読むことは以前よりもリアルにわたしを助けてくれる。摑んで離してはいけない幸運ではないだろうか。

先の見えない不安しかない暗闇のなかで、足下にぼんやり見えた小さな石を手探りで積み上げるように、わたしは「自分に良さそう」な本を一冊ずつ選び、ほっておくと「不安な自分」で埋め尽くされそうになる頭のなかに、誰かの言葉を、物語を流し込んでいった。

【この章に登場した本】
伊藤絵美『セルフケアの道具箱——ストレスと上手につきあう100のワーク』晶文社、二〇二〇年
バーネット（著）、土屋京子（訳）『秘密の花園』光文社古典新訳文庫、二〇〇七年

第五章
自分の居場所をつくる

朝起きる。顔を洗う。椅子から立ち上がる。階段を下りる。牛乳を買いにコンビニに歩いて行く。借りている本を返しに図書館まで自転車を漕ぐ。鳴いている猫にご飯をあげる。冷えた身体をお風呂で温める。ただの日常生活だが、浮遊感が怖くてつい座り込んでしまいそうなわたしには、「行動」を「運動」としてカウントすることが、いわばリハビリの最初の一歩ともなった。

目的をつくって、小さな行動をする。生活をするってこと。あまりに当たり前のことばかりだが、身体も心も鉛《なまり》のように重たいわたしには、一つひとつが必死の冒険のような心持ちだった。できなくてもいい、できれば上等くらいの感じで。

地味なリハビリを積み重ねるような毎日が、二日、三日、一週間と過ぎるなかでわたしはなんとか日常生活が送れるようになっていた。

小さな小さな「身体を動かす仕掛け」を日常のあちこちにトラップのようにつくっていきながら、できれば楽しみを目的にした「行動」も意識し始めた。自分の小さなやる気を見逃さないように注意深く、ぽっと胸の奥に生まれる欲望の灯りのようなものに忠実に。思い切ってぼさぼさの髪の毛を切りにいき、歯科クリーニングの予約も入れて、ほとんどセルフネグレクトになっていた自分をケアすることも少しずつ始めた。そんなすべてが「運動」の機会につながる。それは少なくとも自分に悪くない。たぶん。

「わたしの部屋」が必要だ

二〇二一年の三月、その朝のことをよく覚えている。

わたしはなぜか唐突に「どこかに部屋を借りよう」と決めたのだ。

「女性が小説を書こうと思うなら、お金と自分ひとりの部屋を持たねばならない」というヴァージニア・ウルフの言葉を思い出したのだろうか。小説なんて書いてないけれど、お金だって不十分だけれど、「自分ひとりの部屋」がわたしには必要な気がした。

窓の外がまだ薄暗いなか、温かいミルクティーを淹《い》れて、起き抜けのぼうっとした頭で、まだ見ぬわたしの部屋を探し始めた。日用品が所狭《ところせま》しと置かれているリビングのテーブルの端っこでMacBook Airを開き、エリア、間取り、家賃などぱぱっと思いついた項目を検索窓に打ち込んで、ヒットした賃貸不動産のサイトを隅から隅まで眺めていく。

正方形だったり細長かったり形状もさまざまで、ガスコンロを自分で設置しないといけないようなほんとに「ただの空間」もあれば、家賃に対して広いけれど、見るからに「朽《く》ちている」ような柱の部屋だったり。自宅から自転車で十分圏内で想定したためご近所さんであるにもかかわらず、想像もしなかった異国のような空間が次々と画面の向こうに現れた。気づけばすっかり朝日が昇り、窓の外は春の柔らかな日差しで満ちている。

ノートブックパソコンを凝視するわたしの横で、いつものように夫が起きて、いつものように仕事に出かけた。わたしは秘密の冒険の計画でも立てているように、なんだかわくわくして、朝ご飯も昼ご飯も食べるのを忘れて、その日、「自分が求める部屋のイメージ」をくっきりと具体的に組み立てていった。

身体の奥がぼっぽと熱い。自分が強く反応している。その熱はわたしの心を光で照らす。これはわたしに悪くない。よし。


フリーランスになって十五年以上、自宅リビングの丸テーブルの一角がわたしの仕事場だ。ノートブックパソコンと、プリンター&スキャナくらいあれば仕事ができるフリーランスの物書きだし、人の手を借りるほどでっかく仕事を広げているわけでもない。テーブルの定位置に、朝昼晩の食事の際にはランチョンマットを敷き、仕事の時間はノートブックパソコンを開く。考えてみれば一日の大半、同じ場所に座り続けている。コロナでリモートワークがどうのというその十五年以上前から、わたしは毎日自宅の片隅でこりこりと仕事をしてきた。

書斎に憧れる気持ちもあった。いや、そんな大層なものでなくとも、せめて自分の仕事道具を広げっぱなしにできる場所が欲しいなあって。でも、どう考えても自宅にはそんなスペースの余裕はなかった。

夫婦二人で住む我が家には、そもそもお互いのプライベート空間がない。夫は整理整頓が苦手で大雑把なところがあり、だからなのか、人に自分のルールを押しつけることもなく、わたしが仕事道具を広げていても全く気にしない。散らかっていようが汚れていようが、意に介さない。

わたし自身もずぼらなところがあるので、夫は同居人としては気楽な相手だ。自宅を仕事場にしているわたしとは違い、「職場」を持つその夫が仕事に出かけてしまえば、わたしは家で一人になる。自然と気持ちが切り替わり、自宅を仕事場としても十分にやっていけていた。

それが一変したのはコロナのせいだった。あの自粛につぐ自粛の、「巣ごもり生活」が始まってしまった。夫も自宅でリモートになる機会が増えて、必然的に仕事の資料が増える。もとから雑然としていた自宅は、どんどん混沌《こんとん》として、テーブルの上に載りきらないものは床に置かれ、それぞれに積み上がった上に、さらにこまごましたものが置かれる。なんだろう。困るわけじゃないけど、イラッとする。無秩序でアンバランスなものたちの存在に、気持ちがスッキリしない。

また、自宅が二つのオフィスでシェアする仕事場のようになっていくと、例えば食事の時間にもどちらかのケータイが鳴り、なにかのトラブルや催促の連絡が入ったり。家は「生活の場」と「仕事の場」としてうまく切り替わらなくなり、ちょっとしたことがワインのボトルの澱《おり》のように降り積もって、日に日に部屋の空気が淀んで重たくなるように感じた。

いつしかわたしにとって夫は、同じフロアで微妙に自分のパーソナルスペースを侵略してくる同僚のような存在になって、「生活モード」であってもいつもどこか緊張し、自宅でうまくリラックスできなくなった。「自分」の領地に対してナーバスになったわたしと夫の間で、いくつかの紛争も起きて、穏やかな暮らしの場であり、職場であるはずの自宅は、もうそのどちらでもない（と感じた）。

ああ、自分だけの場所が欲しいなあ。毎日毎日、祈るように唱えつつ、それがどんな場所なのか想像もできなかった。

思えばわたしは、子どもの頃からいつも「自分だけの場所」を求めていた。

実家では、三人きょうだいそれぞれに子ども部屋が与えられていた。ただ、その部屋は父のものである「家」の一部でしかなかったように思う。

妻や子どものすべてを知りたがる傾向が強かった父は、友達との通話に内線で聞き耳を立て勝手に入ってくる。でもまあそんなことは、当時の家庭で珍しくないことだったろう。

父は、子ども部屋の引き出しや押入れを好きなときに開け、机の整理の仕方が悪いと指摘し、気に食わないものは外に出して説教をした。中学のときに同級生に借りた漫画『ハイティーン・ブギ』が見つかって、「こんなエロ本を読むヤツは不良や」と激しく罵《のの》しられたことは、とにかく恥ずかしくて五十を過ぎても忘れられない。

また、雑誌でペンパルを見つけて文通を始めたわたしに届く手紙を、勝手に開封して当然のように読む。文句を言うと、親にも見せられないようなものを書くヤツなのかと逆に叱られた。

思春期の子どもとうまく距離を保てない親は、同級生の家にも余るほどおり、わたしたちは休み時間や放課後に親の悪口を言って発散していたから、そうしたことで大きく鬱屈した覚えはない。

ただ、自分の部屋であっても、いつ土足で踏み込まれて嫌な思いをするかもしれない。「ここは安心できる場所ではない」とも感じていた。ちなみに母はそうした父の言動を嫌がって、わりあいプライバシーに配慮してくれる人だった。彼女自身にもそんな場所は家庭になく、自分も欲しかったのだろうと、いまは思う。

三十代中盤の頃、初めて実家を出て、ごく短い期間だが一人暮らししたことがある。引っ越した夜はカーテンもダイニングテーブルもまだなく、電子レンジでチンしたコンビニのドリアを床に広げて、安《やす》っすい白ワインを飲んだ。そのときに感じた、大海原に航海に出た船のなかにいるような、初めて味わう、人生が無限に広がったような自由。

部屋を探し始めたら、久しぶりにその感触をありありと思い出した。

わたしはいま、自由を探しているのだ、と確信した。

窓を見上げて歩く

部屋探しの条件は窓だ。できるだけ大きい窓、そして日当たり、できれば見晴らしの良さ。こう書くと、誰だってそうだろうという気もするが。

理由があった。詰まって流れの悪くなった配水管のように淀んで停滞しがちな自分の心身に、現実として太陽の光を当てて、虫干しでもするように風を通してやる必要があると考えたのだ。『秘密の花園』でも、暗い部屋に閉じこもっていないで、外に出て太陽の光を浴びることがいい。吹き抜ける風に身体をさらすと、嫌なことも忘れちゃうもんだよ。そんなことが繰り返し書かれていたではないか。

風の通りが良い窓のある部屋。窓を開けたらすぐ横が建物なんてことのない、空気の抜けが良い部屋。となると、建物の上階であることが条件の優位に上がってくる。

低い予算を考慮すると、タワマンはもちろん「ない」話。例えば、昭和の後期に建てられたようなちょっと古い、お洒落に言い換えればレトロなハイツのようなマンション、あるいは団地のような集合住宅がいいのかもしれない。

ふわふわするめまいがあるのでそろりそろりとではあるが、そんな部屋を探してわたしは、自宅の半径二キロほどのあたりを毎日歩き始めることになった。

めぼしい建物を見つけると、上階の窓を目でなぞっていく。集合住宅の窓を精査するようになって気づいたが、窓は非常に雄弁で、ぼんやり輪郭が浮かぶカーテンや、レールに雑然とかけられた衣類など、生活が透けて見える。窓の間隔からそこが単身者用の住居なのか、ファミリー向けなのかも見えてくる。窓枠の設《しつら》えは建物そのもののグレードが反映されていて、そこに暮らす人の月収さえ想像できる気もした。

窓を見上げて歩いていると、見知ったはずの近所の風景の解像度が格段に上がり、バス道沿いや、そこから一本入った住宅地、その奥の路地など、一軒一軒に自分の知らない誰かが暮らしていることが、心から不思議で、呆然とさえした。こんなにもたくさんの人が生活をしていて、そこでどんな思いをしているのか、おそらくわたしは一生知ることがないという事実に。

自分ではない誰かが確かに存在する。互いに知らなくとも、同じ時を生きている。そのことを強く意識すると、なぜだかわたしの胸のつかえが少し軽くなる気がした。

心が動くと身体も動く

ふと大きな一つの事実に気づいた。

わたしの身体は、わたしの心を動かすものがないと、動かないということだ。

心身がぐらぐらと不安定になり、立ち上がるのも怖くなるような状態になってからも、時折、唐突にわたしに触れてきて心を動かすものが現れた。突然、胸の奥がぽっと熱くなって小さな灯りがともるような感覚。その灯りに導かれてわたしの心が動くとき、わたしの身体も動く。あるいは、身体が思わず動くような瞬間は、心もぽっと燃えて動いている。

心と身体が動くとき、わたしはあの揺れを忘れている。自分ではどうすることもできない無力感に苛《さいな》まれる揺れを、心や身体が忘れさせてくれるということだろうか。それを検証することは自分の頭ではできない。考えて理解するのではなく実際に動くしかない。そんなふうに心に留めた。

物件探しの最中のある日、ふと鍼灸院《しんきゅういん》の看板が目に飛び込んだ。何度も通っていた場所で、こぢんまりとした昔ながらの鍼灸院があることは知っていた。院長先生らしき人の名前が頭についた看板を見ていると、ふっと頭に浮かんだ顔がある。それは、行きつけのお好み焼き屋さんで顔なじみの常連さんのご夫妻の顔で、いつもにこにこ穏やかな院長先生と、透明感のある肌で薄い桃色がいつも頬にさしている血色のいい奥さま。そうか、ここは彼らの営む鍼灸院だったのか。頭のなかで、はめ忘れていたパズルがパチリとはまったような感触があった。

まだ春先の風が肌寒かった時期ではあるが、わたしはとにかくいつも手足が刺すように冷えて、ほとんど痛かった。カイロを貼りまくっても追いつかないほど、皮フの下に溶けない氷でも置かれているような感じで。それをなんとかしたかった。

心というより身体を。

メンタルヘルス関連本を読みあさるなかで、繰り返し目に飛び込んできたものに「自律神経を整える」というフレーズがあった。タイトルもそのままの『まんがでわかる自律神経の整え方』というコミックエッセイには、自律神経とは、神経系自体が制御する神経で、自分の意思とは関係なく、血液の流れ、呼吸、体温調整などを二十四時間休むことなくコントロールしていると書かれていた。

　この自律神経は「交感神経」と「副交感神経」にわけられ、交感神経は活動するときに働き、副交感神経は休息やリラックスをするときに働く。交感神経が「アクセル」、副交感神経が「ブレーキ」の役割を果たしていて、この二つの神経がバランス良く交互に働くことが心身に良いのだと。

　自律神経がフィジカルにもメンタルにも影響することから、わたしは自分の自律神経の不調を疑っていた。その対策として検討していた一つが鍼《はり》治療だった。でも、わたしは痛いのが苦手で（みんなそうだろうけど）、鍼を刺すなんて想像しただけで怖すぎる。ダイレクトに身体を触ってもらう治療なので、どんなに評判が良くても、知らない人だと尻込みしてしまう。そんなわけで諦めてもいた。

　なのに、そのとき思い出した先生の顔は、胸の奥にぽっと灯りをともしてくれている。あの先生ならお願いしたい！

　鍼治療は向いている人とそうではない人がいると聞くが、わたしは前者。運良くすぐに予約が取れて、まずじっくりと話を聞いてもらったあとで、ごく弱めの治療から始めてもらえたのも安心だった。施術後は身体がふわっと軽くなったようで、心身ともに良い感触があった。週に一度、徒歩で十分ほどの距離にある鍼灸院への通院は、結構な運動ともなったし、全身がぽかぽか温かい帰り道は銭湯帰りのようで、「歩く」楽しさも思い出させてくれた（わたしの場合、目的のない「散歩」は苦痛とも感じる）。

歩けば棒に当たるというが、歩くって本当にいいな。血行が良くなりぽかぽかする手足に愛おしさを感じていた。部屋探しにはそんなおまけもついてきた。

窓の大きな小さな部屋

部屋探しという目的の、ウォーキングのようなものが日課になってきた三月下旬、気になった物件を思い立って内覧してみた。心から本気で探しつつ、でもどこか現実離れした他人事のようにも感じていた部屋探しだが、現物を目にすると急に意識がリアルになった。

その物件には決められなかったが、改めて、自宅からの距離、家賃、設備環境などを具体的に絞り込むようになった頃、一本のメールが届き、それは自身が不動産物件を管理している友人からの連絡だった。仕事場を探しているというわたしのSNSの投稿を目にしたらしい。

ちょうど空き部屋が出て、いまリフォームしている最中の物件があるそうで、冗談ぽく「青山さん、どうですか」という軽いニュアンスがありがたく、わたしも気軽に間取り図を送ってもらうと、ワンルームなのに窓の多さに驚いた。場所を訊《たず》ねると、自宅から自転車で十分ほど、徒歩でも二十分以内。ばりばり部屋探し圏内ではないか。

これを読むあなたが想像しているより、おそらくはるかに安価な家賃。ざざっと頭のなかで計算してみれば、必要最低限の家具を用意したあと、貯金を取り崩せばひとまず一年はなんとかなりそうだ。

大家さんが知人ということで物件に対する信頼はもとより、その人が、人生がぐつぐつ煮詰まって心身ともにくたびれきっていたわたしの状態を聞かずとも察してくれる存在だったことも、その部屋に対して一〇〇パーセント以上に安心できた理由だった。

詳細を書けば「できすぎじゃない？」と嘘のように聞こえる偶然と人の縁が重なり、わたしは部屋探しを始めて二週間後には、最高に風通しの良い1Kの部屋の鍵を手にすることになったのだ。

築五十年以上になる鉄筋四階建ての四階、飾り気のないワンルームだが、昭和の大工仕事を感じさせるちょっとした設えや、長い年月を経てたびたび塗り替えられてきたであろう木の柱塗装が味わいを生んでいて、とにかく落ち着く。

なにせ窓。東にベランダ、南に出窓、西には座ったときに肘がかけられる高さの肘掛け窓がある。ほぼ正方形の部屋の壁三面にある窓からは、太陽が昇ると同時に東から順に光が射す。すべての窓を開け放つと、部屋のなかをびゅんびゅんと風が通り、建物が面した幹線を走る車の音まで流れ込んでくる。明るく空気の抜けの良いその部屋で目を閉じると、ほとんど路上にいるかのように錯覚する。

いささか素敵な言い方をすればオープンテラスのような、窓の大きなその小さな部屋が、それ以降わたしにとって特別な、わたしだけの場所となった。

自宅から自転車で「通勤」することも「運動」となり、エレベーターのない建物の四階の部屋に「通う」だけで足腰のいいトレーニングになった。動くとなんでもおまけがついてくるなあ。

さらに不思議なご縁もあった。通勤二日目、仕事場のすぐ近くの道でばったりと懐かしい顔に出くわした。愛猫のシャーがお世話になった動物病院の先生と看護師さんだ。そういえば仕事場と動物病院はすぐ近くにあったのだ。二人はシャーをよく覚えてくれていて、久しぶりにシャーの話ができた。なんだか大切な思い出の引き出しを一緒にのぞいてもらったようで、胸がぽっと温かくなった。

部屋づくりには手間暇をかけた。

これまたご縁があり、四月頭の入居当日に知人がわざわざ運んで譲ってくれた素敵なソファに合わせて、そこにあるだけで気分が明るくなるグリーンとイエローの柄の、うんと大きなふかふかのクッションをまず置いた。

その部屋で食事はしないので、調理器具は特に用意せず、温かいお茶だけはいつでも飲めるようにコロンとしたレトロなデザインのケトルを選び、それは友人がプレゼントしてくれた。

寝泊まりの予定はなく夜間の映り込みを気にする必要がないため、カーテン選びは自由度が高かった。インテリアのセンスがいい友人に相談して、お値段はやさしいのに品質と雰囲気の良いものを教えてもらい、猫が引《ひ》っ掻《か》いたら即破れてしまいそうな、自宅では絶対に使えない薄いレースカーテンを選んだ。透けるような薄さなので、カーテンをぜんぶ閉めても日の光がほとんどそのまま、でも柔らかくさし込んでいる。風でそよそよゆれるやさしい布の気配は、「めっちゃ素敵♡」。目にする度にテンションが上がった。

そうやってインテリアを選んでいると、自宅とはまるで異なるテイストになることに驚いた。考えてみれば、自宅はもともと夫の持ち家で、家具のほとんどは夫が自分の好みで置いているものだ。どちらかといえばスタイリッシュで洗練されたようなデザイン。

でも、わたしがいいなと思うものを選んで整っていく部屋は、もっとのんびりと、どこか古くさいくらいスローなテイスト。ああ、わたしってこういうのが落ち着くんだなあ。カタチとして可視化される空間を、まるで知らなかった自分の一面を知るように眺めた。

また、わたしは自分でも呆れるほど、ほとんどモノを欲しがらない。できればその部屋にもなにも置きたくないという気持ちが強かった。それも、モノがあふれる自宅に対しての抗《あらが》いだったのだろうか。わからないけれど。

シンプルな仕事用のデスクと、本棚があればそれで十分。だからこそ、本棚にはこだわった。ネットショップをかなり検索して、インテリアショップにも実際に見に行った上で、オーダーメイドでぴったりのサイズのものを、部屋の木の柱と同じトーンの色調でつくってもらうことにした。わたしの弟が大工なので、彼に頼めることになったのは良かったが、「仕事が落ち着いたら合間にやるわ。ちょっと待ってな」という身内特有のゆるさで、結局は本棚ができたのはうんとのんびり、入居して二カ月後の六月のことになる。

むしろそれはわたしにとって適当なスピードだったのかもしれない。棚に並べたい本は段ボールにまとめて配送するなんてこともせず、一冊ずつ手で運んだ。四月に鍵をもらってから、そんなことも二カ月かけてちまちまとやっていた。わたしにとっては全力の、精一杯のスピードで。

オープンダイアローグという「対話の手法」

その部屋の本棚に並べると決めていた一冊に、『まんが やってみたくなるオープンダイアローグ』という入門書コミックがある。早い時期から「オープンダイアローグ」という「対話の手法」の実践と理論紹介に取り組まれていた精神科医の斎藤環《たまき》さんが解説で、漫画は水谷緑さん。

漫画家の水谷緑さんは、『精神科ナースになったわけ』というコミック作品で知ったのが最初だった。社会福祉士の勉強をする流れで精神障害に関心をもったとき、入門書として手に取った一冊だ。

人はなぜ心を病むのか。自身の体験から疑問を抱き、精神科のナースになって現場で患者さんと向き合うなかで、少しずつ見えてくるそれぞれの事情、それぞれが生きる上で大切にしているルール。主人公の目を通して精神科のリアルな現場を描くといった内容だ。

十二月、一月と自分の心に大きな異変が起きたと感じてからは、その作品に登場する精神科病棟の患者さんがまるで自分の心を表現してくれている気がして、お守りのように読んでいた。

そんな作品の作者である水谷さんが、オープンダイアローグの漫画を！　わたしにとっては心がエキサイトする要素に満ち満ちていた。

「オープンダイアローグ」とはフィンランドの精神医療の場で生まれた手法で、わたしのまわりでも数年前から言葉を見聞きする機会が多かった。斎藤環さんの書かれた解説本も二冊読んで、すごく良さそうなのはわかる気がしたけれど、他の対話の場と具体的になにが違うのか、どうしてもよくわからなかった。

例えば、当事者研究や自助グループなど、対話の場はさまざまなカタチで広がっているが、それらとどう異なるのか。共通する部分があるのか？

知識として知りたいと思っていた以前と異なり、いまのわたしは「自分をなんとかしてくれるケアとかセラピー」になるんじゃないかと、藁《わら》にもすがりたいような気持ちもあったのだ。

三月の中旬、『まんが やってみたくなるオープンダイアローグ』が発売されるとすぐに読んだ（行きつけのジュンク堂書店精神医学のコーナーに面陳されていた）。

見るだけで絵から情報が伝わってくる漫画で描かれた具体的なエピソードと、専門用語の少ない丁寧な解説で構成されたその本を読むと、以前はわからなかった具体的な「やり方」、決められたルールがあることはよく理解できた。でも、なぜそのようなルールがあるのか、それがどう良いのかは、やっぱり実際にやってみないとわからなそうだ。

これは良さそう！　とタイトルどおり即座にやってみたくなったが、複数人、それもできれば四人くらいのチームでやるのがベターっぽい。夫や精神科の先生、ごく限られた近しい友人と話すのが精一杯というコミュニケーション力がマイナスであるいまの自分には、どうすればそのチームに辿りつけるのか想像もつかない。ひとまず「保留」のカードとして、自分のなかに置いていた。

四月に仕事場として「自分の部屋」を得た頃から、わたしの人間関係はにわかに活発化していた。といっても、部屋の大家さんや、近所のピクルス屋さんのお姉さん、パン屋さんご夫妻、すぐ近くの公園で猫の保護活動をしているおばさまといった、立ち話をする程度の人間関係なのだが。

そうした関係性のなかでは過剰に相手に気遣うことも、気遣われることも少なく、なんだか新鮮で気が楽だった。お互いの事情に踏み込んで、推し量って、言葉を選び、選ばれるということに疲れていたのかもしれない。相手が本当はなにを思っているのか。自分のこともわからなくなっていたわたしに考えられるわけないじゃん。

レーダーをビンビンに張り巡らせた精度の高い空中戦のような人間関係ではない、もっとシンプルな関係性で話せる人がいたらなあ。そんな人とならオープンダイアローグというものをやってみたいなあ。

四月の中旬、まだトイレットペーパーとヤカンとコップくらいしかない部屋で、『まんがやってみたくなるオープンダイアローグ』を読み返しながら、急にぽっと頭に浮かんだ顔がある。それは漫画家の細川貂々《てんてん》さんだった。

安心して関われる人

『ツレがうつになりまして。』の作者である漫画家の細川貂々さんには、自著『ほんのちょっと当事者』や共著『あんぱん ジャムパン クリームパン　女三人モヤモヤ日記』のイラストや装画を描いていただいていた。数回だが実際にお会いしたこともある。とはいえ親しいまではいかない関係。

ただ、わたしは自分の心がぐらぐらし始めてから、四十八歳で自分が発達障害だと知り、生きづらさに気づいたという彼女の著書を読んでいて、「ものすごくわかる」気が勝手にしていた。特に精神科医の水島広子さんとの『それでいい。』シリーズには、人間関係に振り回されて戸惑う気持ちに共感もし、ずいぶんと励まされた。

貂々さんは気を回して心にもないことを言ったり、空気を読んで行動したりしない（できない）と繰り返し著書に描かれている。そんな人こそ、わたしがいまいちばん安心して関われる人ではないだろうか。

そういえば貂々さんは当事者研究の場を主宰されていて、わたしも自分でオンラインの文章講座を継続しながら、人との関わりの場の可能性を模索しているという共通点もある（と勝手に思い込んだ）。

いま不安障害の治療中でなんとかしたいのもあるし、あわよくば将来的に仕事として本をつくるなんてことも考えて、「オープンダイアローグを一緒にやりませんか？」と唐突にメッセージを送ると、「面白そうですね。やりましょう」というシンプルな返信が速攻で戻ってきて、数日後、改めてオンラインでお会いするといった流れになった。

貂々さんと話すのは、めちゃくちゃ気が楽だった。こんなに楽なのって驚くほど。

例えば、なんだかまとまりのないわたしの話にも、「よくわかりません」とはっきり伝えてくれる。あくまで例えばだが、もしわたしが髪の毛がぐちゃぐちゃで、「髪の毛がうまくまとまらなくて」なんて言うと、他の人なら「全然大丈夫よ〜、気にしないで」とか言いながら、心のなかで「変だな」と思っているものだが（妄想です）、貂々さんは「はい、ぐちゃぐちゃですね」と率直に感じたままを話してくれる。

そういう「嘘をつかないと信じられる」人で「額面どおりに言葉を受け取ってくれる」人と話ができるのは、なんでも極端に歪んだ想像を広げてしまい、ほとんど妄想みたいな自分の思考に振り回されているわたしにはほんと楽なのだ。ということが、貂々さんと話をする度にすとんと腑に落ちた。肩の力がふっと抜けるような身体的な良き感覚もあった。

オープンダイアローグは一緒にできそうな人をお互いに探して、うまくチームができたらやりましょう。それまで、お互いに人間関係で難しいと思っていることなどを、すり合わせしていきましょう。

そんな感じに、貂々さんとの定期ミーティングが始まった。四月、五月と仕事部屋にまだパソコンもWi-Fiもなかったので、夫が仕事に出かけたあとに自宅でZoomをつなぎ、貂々さんと画面越しでお会いした。

ゆくゆくはオープンダイアローグをやってみるという目標もできたが、彼女との関わりは、わたしにとって人間関係を捉え直す大きな機会ともなった。

自分で言うのもなんだが、わたしは非常に社交的な性格で、人間関係が広がりすぎてもいた。それをざくっと整理して、気を遣う人とは距離を取ることにしよう。貂々さんのように、自分を偽ることなく、そのままの本音を言葉にする人の声だけを聞いていこう。

「自分しか自分を守ってくれないですよ」と貂々さんがあるときに口にした言葉も胸にしっかりと刻み、自分を守るやり方も身につけたいと、心に小さな光がまたぽっと灯っていた。

【この章に登場した本】

ヴァージニア・ウルフ（著）、片山亜紀（訳）『自分ひとりの部屋』平凡社ライブラリー、二〇一五年

小林弘幸（著）、一色美穂（漫画）『まんがでわかる自律神経の整え方――「ゆっくり・にっこり・楽に」生きる方法』イースト・プレス、二〇一七年

斎藤環（解説）、水谷緑（まんが）『まんが やってみたくなるオープンダイアローグ』医学書院、二〇二一年

水谷緑『精神科ナースになったわけ』イースト・プレス、二〇一七年

細川貂々『ツレがうつになりまして。』幻冬舎、二〇〇六年

青山ゆみこ『ほんのちょっと当事者』ミシマ社、二〇一九年

青山ゆみこ、牟田都子、村井理子『あんぱん ジャムパン クリームパン――女三人モヤモヤ日記』亜紀書房、二〇二〇年

細川貂々、水島広子『それでいい。――自分を認めてラクになる対人関係入門』創元社、二〇一七年

第六章
誰かと関わるための小さな部屋

仕事場として借りた部屋の大きな窓から、初夏の風が吹き込み始めた六月。注文していた当時最新の iMac 24インチが到着した（すごい人気で二カ月待ちだった）。

ようやく仕事場として体をなしてきたその部屋で、誰にも邪魔されることなくわたしは創作意欲を燃え上がらせて作家活動に邁進《まいしん》した。なんてことは一ミリも起きなかった……。いや、そろそろもうちょい元気になってるだろうし、老眼が堪《こた》えてしょぼしょぼする目の強い味方になりそうだわ、と自分の背中を押すつもりで思い切ってポチったのだ（自宅の MacBook Air は13インチ）。

なのに、ブラインドタッチのできないわたしは、文章を書こうとする度に液晶とキーボードを交互に見るため頭を赤べこのように振らねばならず、首がちぎれそうになった。相変わらずの浮遊感で、大きな画面でテキストエディタをスクロールするだけで乗り物酔いしそうに気持ちが悪い。集中力の泉も枯渇《こかつ》したままだし、書くことで自分を深くのぞき込むそのやり方を間違えるんじゃないかと、まだまだ怖い。そもそも「書く」仕事には全く使えないよ、ってことが早々にわかってしまった。落ち込んだ。

必要な用事と、最小限に絞り込んだスローペースでいける仕事は、自宅の MacBook Air で、まあ、なんとかなっている（ということにしよう）。

諦めてみれば、仕事場に置いた広めのデスクには大きな窓から自然光がいつでもさし込むので「読む」にはぴったりだと気がついた。のんびり進行でお待たせしていたが、文章講座の課題として届いた作品に手書きの感想をこりこり書き込むには、その部屋はこれ以上なく快適な環境だと。

踊るくらいさせろや！

わたしはデザインの素敵なＪＢＬの小さなブルートゥーススピーカーを購入して、部屋の桟《さん》に引っかけて、iPhoneから飛ばしたラジオをＢＧＭとして流すようになった。とりわけ好んで聞いたのが、装丁家の矢萩多聞《やはぎたもん》さんが始めた「本とこラジオ」というラジオ番組だ。本を売る人、書く人、つくる人が入れ替わり立ち替わりゲストで登場するおしゃべり中心の内容で、気軽に聞き流せるし、バックナンバーを流しっぱなしにしていると、聞き覚えのある書名、人名、版元名、書店名が登場するのも、くじびきのアタリが出たように、「お！」となって楽しい。

多聞さんの選曲も自分の好みに合ったのか、「本とこラジオ」をきっかけに、わたしは久しぶりに音楽の楽しさも思い出すことになった。YouTubeをちょちょっと検索すると、八〇年代、九〇年代の頃に流行った洋楽があふれていて、懐かしくて泣きそうになるほどエモい。懐かしさというのは、悪くない過去の振り返りにも思えた。

わたしは「人前で歌う」ことが恥ずかしくてできないが、自分しかいないその部屋では気にせずいくらでも鼻歌を歌うことができる。ふっふふ～ん。心身がままならない不調のなかで、まるで世界の片隅でぽつんとひとり、鼻歌を歌う自分が楽しいけど、なんだか可哀想になって鼻の奥がまたつーんとしながら。

音の楽しみを思い出したことは、想像もしていなかった自分への気づきにもつながった。ふっふふ～んと歌いながら、音に合わせて身体をゆすってみたら、思うように身体が動かなかったのだ。

わたしは音痴だが音感は悪くなく、リズムに乗って踊るのが大好きだった。音を耳にすればごく自然に身体が揺れる。と思っていたのに、なぜだろう、耳で聞いた音をキャッチして動く身体に時差があるというか、絶妙にずれる。それはまるでわたしをしつこく揺さぶる浮遊感の微妙な気持ち悪さにそっくりで、「えええええ！」と思わず声が出るほど、自分の身体の動きに驚いた。

めちゃくちゃ音感が悪くなってる……。一六ビートの速めの曲を流して踊ってみると、ドン引きするほど動きが悪い。キレのかけらが一ミリもない。高校生の頃に見た映画『フットルース』の田舎の青年のようなダサさで。

人によってはどうでもいいことかもしれないが、自分は歌えなくても踊れる人だと信じてきたわたしにはかなりの衝撃だった。そして腹が立ってきた。わたしは自分に絶望すると腹が立つ人間なのだと、このときも痛感したが、踊るくらいさせろや！　となにに対してかわからない怒りを爆発させて、その日から踊り始めた。仕事場に着くと、ウォーミングアップ的に一曲ひたすら踊る。大声でハハハ〜ンとかヘイヘイとか人には絶対に聞かれたくない合いの手まで入れて踊る。こんなにダサい自分、くっ。柳沢慎吾のような気持ちで。

自分で思った以上に悔しかったのか、わたしは自宅の押入れの奥にしまっていた夫のギターを引っ張り出してポロンポロンと弾き始め、ひと月続いたのでレッスンにまで通うようになった。案《あん》の定《じょう》、弦をおさえる指が難しいことから「初心者の難関」といわれるバレーコードであっさり挫折したが、ギター好きの友人とオンラインで集まってギターを聞かせてもらったり、忘れていた青春のような楽しい時間が嬉しいおまけとしてついてきた。

気を楽にするって超難問なわけで

小さくぽっと気分が明るくなる要素が増えてきたものの、身体のもたつきや倦怠感は執《しっ》拗《よう》にわたしを振り回す。仕事場に新しく届いた寝転べるソファベッドにどたりと倒れ込むことも多く、この部屋、ほんとに安心するわー、わたしなんもできへんわーと情けなくて涙が出てしまったり。身体の揺れのように、自分にはどうしようもない気分の波がゆらゆら。ちょっとしたことでめそめそ泣いてしまう自分、あー、ほんと嫌だ。くそう。

自分に対する不安と同時に、怒りもぼっぽっと湧いてくるようになったのは、安心できる空間があり、そこで好きなだけ休めるという心の余裕ができたからだろうか。

このままだとダメだよな。心の不調をなんとかしないとヤバい。焦らないでと言われても、やっぱ焦るよ。そんな気持ち、どうしようもなくない？

精神科の定期通院では、そのときどきでアドバイスももらい、心の主治医のT先生は可能な限り話を聞いてくれたが、いかんせん保険適用内の診察時間は一瞬の体感で、どこかいつも物足りなさがある。

メンタルヘルス関連本を読むなかで、じっくりと話を聞いてもらえるというカウンセリングにも関心が高まっていた。自分で自分を見るのは怖いけれど、心の専門家にならら見てもらいたい。そんな気持ちで。

T先生に相談すると「やりたいならいいんちゃうかな。どんなんやったか、また教えにきて〜」とオッケーをもらい、この人ならと思う方に申し込んだものの、前日になって

「自分を見る」怖さみたいなものが湧き上がり、久しぶりに心臓が激しく動悸した。これはまずい。不安の渦に巻き込まれている。なんとか予約を保留にしてもらうメールを書いた。丁寧なお気遣いをいただいて、この人ならやっぱりカウンセリングを受けたいなあと改めて感じながら、同時に、ああ、こうやってまた人に迷惑をかけるんだなあとかなり落ち込んだ。

なにかする度に迷って怖くなる。まだ自分を深掘りしないほうが良さそうだ。でもこのままではやっぱりダメな気がする……。

六月も終わりの頃、カウンセラーの伊藤絵美さんが、ストレスコーピング入門のオンライン講座を開催されると知り、思い切って受講したのは、そんな流れもあった。「聞く」だけなら大丈夫のように感じたのと、やさしい配慮がじんわり温かい著書『セルフケアの道具箱』からこの人なら安心と思えたからだ。

「コーピング」とは「対処する」の意味で、心理学用語としての「ストレスコーピング」とは、「ストレスに対処するためにとる意図的な行動」のこと。自分で自分をなんとかする方法を知りたい、その一心で申し込んだ。

わたしたちが生きていくにあたり、避けられないストレスとどう付き合っていくか。構造と、解決アプローチまでを、具体的な例とともにみっちり五時間。ライブで一気に見る集中力も体力もなかったので、視聴アーカイブを十分、二十分と小分けにして七月いっぱい、ひと月かけてじっくり見ることになった。

人にはなにかの出来事があったときに瞬間的に浮かぶ考えやイメージがあり、それは「自動思考」とも呼ばれている。次から次へと心にモヤモヤ浮かぶ良いこと、嫌なこと。無意識のうちに「自動」に起きるので、消したり止めたりすることはできない。

心の主治医のT先生に「頭に浮かんだこと、ちょっと気にしてみて」と言われたのは、この自動思考のことだったのだなとつながった。

自動思考がいつも良いこと、楽しいことばかりであればハッピーだが、むしろ嫌なこと、ネガティブな考えが出てくるから、苦しくなってしまう。ままならないものだが、意図して「意識」することはできる。

自分にとってしんどいものであるときは、例えば、頭のなかにイメージとしてつくった「葉っぱの流れるバーチャル小川」の葉っぱに乗せてリリースする（放つ）方法も教えてもらった。ただ、わたしは自分に生まれるモヤモヤが重たすぎて、葉っぱでは沈んでしまった（頭のなかなのに）。葉っぱの代わりに小舟を思い浮かべてみると、そよそよ弱い小川の流れでは小舟が動かない。それで、ロッキー山脈にありそうなごうごう流れる急流に小舟を浮かべ（イメージです）、そこにネガティブなモヤモヤを乗せて強引に流すようにした（妄想です）。

ちょっと間違ってるような気もしたが、想像以上に効果があった。確かにモヤモヤが流れていってくれるではないか。イメージというのはすごい。良くも悪くも強い力をもつのだと実感している。

しょぼいコーピングを増やす

アーカイブを繰り返し聞き、その講座の内容が詳細に書かれている『コーピングのやさしい教科書』もテキストにして予習・復習のような効果があったのかもしれない。伊藤さんの声が毎日耳から入ってきたことで、思考のトレーニングをパーソナルトレーナーと一緒にコツコツ取り組んだような感触があり、併走してくれる存在がいたから完走できた気がする。伊藤さんは時折ご自身の体験も話されて、「頼りになる（不安定な）この道の先輩」のように思えた。ものすごく真剣に、わたしの身を案じて、一緒に考えてくれていることが伝わってきた（わたしだけじゃなく、きっとたくさんの人がそう感じていただろう）。心をふるふるさせながら、話に聞き入った。

伊藤さんは「しょぼいコーピングがいい」と繰り返していた。

例えば、高級な温泉旅館に行くのも良いけど、予算や時間がなく行けないと「できない」←気持ちがストレッサー（ストレスを与えるもの）になる可能性もある。その代わりにちょっと高めの入浴剤を買う、というのもコーピング。その湯にちゃぽんと浸かる自分を想像するのもコーピング。もちろん夜に良い匂いの入浴剤を溶かしたお風呂に入るのもコーピングになる。そんなふうにコーピングには行動だけでなく「イメージする」「思い直しをする」といった認知的なものがあるので、その両面から小さなコーピングリストを増やしてもっておけば、日常的にストレスに対処できるようになる、と。

その講座で伊藤さん自身のコーピングとしてお聞きして、自分でも取り入れたものの一つが、誰もフォローせず、されないようなSNSのアカウントをつくり、嫌なことが頭に浮かぶとそこに書き込んで流すというものだ。最初は自分でも吐きそうなタイムラインになり、汚れたトイレのようでうんざりしたが、投稿したあとは見返すことはせず、ただ「うぜー」とか「さいてー」とか書き込んでポチッと押して、その瞬間にトイレのレバーを引いてうんこを流すようなイメージをすると、ざーっと流せるようになってきた（「うんこのワーク」というマインドフルネスがある）。

頭に置いているとしんどいのに、外在化したモヤモヤが、「流されて消えていく」イメージだけで、こんなにすっきりするものかと驚いた。ほんとに人のイマジネーションとは、想像を超えているなあ。

また、それをきっかけにかなり依存傾向にあったSNSを思い切って整理してみた。全く使わないというのは、それもストレスになりそうなので、目に入ると胸がひりひりするような投稿のアカウントはミュートした。常に誰かに批判され、愚かさを指摘されているように感じていたタイムラインは、数日で瀬戸内海のような波の立たない穏やかさに変わり、果てしなく凪《なぎ》。世間からはかけ離れていった気もするが、戦線離脱した病人なんだから、それでいいではないか。

SNSをサナトリウムのような場所に設定して、そこもコーピングに活用した。わたしがいちばん好きなのは、海の近くの公園まで自転車を漕いで、青空に浮かぶ雲の写真を撮るというコーピング。パシャリという音でぽっと胸が温まる。それをSNSにアップして眺めるのも最高に好きだ。

伊藤さんの講座をきっかけに、わたしの日常にはストレスコーピングの機会が飛躍的に増えていった。思い出したり気が向いたりしたときだけやる、というゆるさも忘れないようにして。

小さな部屋に芽吹くもの

この部屋で時間を過ごすこともコーピング。そんなふうに思える絶対的な安心感しかない仕事部屋のiMac 24インチは、ハイスペックなディスプレイとサウンドシステムで、大好きな韓国ドラマを見るには最適だった。気楽なラブコメや、親子や家族のどうしようもなさを切実だけどどこかユーモラスに描く作品が多い韓国ドラマを見ることは、わたしにとって高確率で有効なコーピングでもあった。

そんなわけで、朝起きて、自宅から仕事場に出勤すると、自宅にはないベッドにもなるソファに寝転んで、ポチッとドラマを再生し、気のすむまで泣いたり笑ったりしながら一日を過ごし、夜になると自宅に帰るなんて日も多かった。生産性のマイナス数値で井戸を掘れば南半球に届きそうな勢いで、「なにもしない」を全力でしていたように思う。

温泉宿に逗留《とうりゅう》して湯治《とうじ》でもしていたかのような感覚もある。止まれないハリネズミのように過剰に動き、五十を迎え、人生のさまざまで全身は傷だらけ。でも、いまどこが痛いのかもわからないような満身創痍《まんしんそうい》の自分。わたしにとってこの部屋は『千と千尋の神隠し』の湯屋のような場所だ。だから「なにもしない」でいい。できるだけ、そんなふうに自分を肯定した。

伊藤絵美さんの『コーピングのやさしい教科書』にこんな記述がある。

セルフケアについて重要なのは、「誰にも頼らず、たった一人でセルフケアしましょう」というのではない、ということです。（略）セルフケアのために誰かの助けを借りるとか、家族や友人と互いのセルフケアについて語り合うとか、そういった活動は非常に重要です。私たちは互いに助け合って生きていく存在です。人との関わりのなかで、誰かの助けを借りながら、そのことも含めて上手にセルフケアできるようになればいいのです。これはとても大切なことなので、ずっと覚えておいてください。

（四頁）

人との関わり。そうか、会いたい人に会うのもセルフケアになる。この部屋でなら、いつだって誰にだって会うことができる。

iMacの24インチのディスプレイは「書く仕事」にはうまく使えなかったが、そういえばZoomなんかでフル表示にすれば、画面越しに会う相手がまるで目の前にいるような臨場感であることに気づいた。

わたしはにわかに会いたい人に連絡をして、画面の前に座り、「久しぶり」「元気？」

「元気じゃなかった〜。とほほ〜」なんて話をするようになった。好きな人と会う度に、ぽっぽっと心が動き、その瞬間はいい感じに自分に囚《とら》われないですむ。

iMacの24インチが誰かに会う「窓」になっていくと、部屋の感触にも変化があった。誰かとそこで会う度に、その部屋の床に、ひょこっと小さな緑の芽が生えるような気がしたのだ。誰も来ない、わたしひとりの空間なのに、そこに有機的な息づかいが生まれたような。名前も知らない小さな芽だけれど、日当たりがいい窓の大きなその部屋のあちこちで、少しずつ葉を大きく広げて育っている。窓越しに会う人たちの声が、その緑の芽の光合成を助けてくれているように。

そんな部屋への通勤時、自宅近所のお好み焼き屋の大将や、シャーのご縁をくれた米屋の女店主ともばったり会うことがあった。「ちょっとしんどいって、聞いてるで」などと声を掛けられた。「心配そうに教えてくれたわ」と。

夫がわたしのことを気にかけて、そんなふうに親しい人に話していることに驚いた。あの人は自分にしか興味がないと思い込んでいたからだ。うまく言えないけど、悪くない驚きだった。誰かに気にかけてもらっていることを、他の誰かから知るって、なんだか不思議な温かさがある。泣きそうになってしまった。

仲間との出会い

四月から、細川貂々さんとはちょこちょこと連絡を取り合っていた。わたしはオープンダイアローグ関連のイベントに参加して、学びを深める。貂々さんは、自身の主宰する「生きるのへタ会?」をやりながら、改めて場を見直してみる。そんな課題をお互いにもち、たまに会って報告をするような感じで。

六月、オープンダイアローグ関連イベントがいくつかあり、できる限り参加していると、石田月美《つきみ》さんの名前を連続して見かけた。月美さんはうつや摂食障害、対人恐怖など、いくつもの精神疾患を抱えた当事者で、著書の『ウツ婚!!』は「わたしたちに必要なのは『おもてなし』より『おことわり』」「イキイキと休む」などの名言連打で感銘を受けた一冊でもある。彼女は婚活というわたしにはびっくりなやり方を通して社会とのつながりをつくる方法を模索し、さらには仲間に伝えようとしている。熱い人だ、と感じていた。

彼女とは互いの著書を通じて知り合い、SNSで数年前からつながっていたのだが、その年の年頭に開催された磯野真穂さんの連続オンライン講座に彼女も参加していて、わたしたちは一度だけ、たまたまブレイクアウトルームで同室（同じグループに振り分けられて）になり挨拶したことがあった。

当時のわたしは心身不調の暴風雨のど真ん中の時期で、浮遊感もひどく、結局のところ全五回の講座のほとんどは画面をオフにして耳だけ参加せざるを得なかったが、月美さんと会った回だけ、意地になって画面をオンにしていた。おかげで、画面越しとはいえ顔を合わせることができたというわけだ。苦しい渦中の数少ない良き思い出だったので、オープンダイアローグ関連のイベントで月美さんの名を目にすると、なんだか嬉しくなった。

あるイベント視聴のあと、「面白かったですね」なんてSNSのDMでちょこっとおしゃべりした。その流れで、ふと「良さそうですよね」「できるかわからないけど、やってみます?」「やりましょう〜」。

わたしは早速、貂々さんに連絡し「月美さんと一緒にやるのどうでしょう?」「ウツ婚の著者の方ですね。面白そうです!」となり、月美さんがもう一人のメンバー候補者を検討し、打診することになった。彼女が提案してくれた四人目のメンバーはルポライターの鈴木大介さん。顔合わせ的にZoomで集合したのは、八月のお盆の最中だった。

はじめてのオープンダイアローグ

わたしが若年層のなかでも、とりわけ女性の貧困問題について関心をもったとき、最も熱心に読んだのが鈴木大介さんの著書だ。鈴木大介というルポライターはどこか異質だった。彼の書くものを読んでいると、取材対象者と取材者の境界が曖昧にも感じ、大介さん自身が「取材される当事者側」にいるかのような姿勢に圧倒された。アンダーグラウンドな世界との境界線ぎりぎりを越えるようなグレーゾーンの立ち位置にいる被取材者も多かったので、取材する大介さん自身も顔出しをしていなかったほどの慎重さ。

彼が顔出しするようになったのは、四十一歳のとき脳梗塞《のうこうそく》で倒れ、その後も続く高次脳機能障害について綴った『脳が壊れた』以降と記憶している。わたしは父が同様の病と障害をもっていたので、個人的にも大きな衝撃をもって読んだ。

そんな書き手である大介さんが『されど愛しきお妻様《つま》』という「大人の発達障害さん」であるパートナーとの関わりを書いた本の刊行記念イベントにわたしが参加したのが二〇一八年のこと。その際に一度だけお会いしたことがある。

長くなったが、わたしには大介さんも特別な人だったというわけなのです。月美さんからメンバー候補として彼の名を耳にしたとき、ものすごく驚いて、不思議なご縁を感じた。さて、貂々さんも自身の困りごと体験を描いた著書が多く、わたしからすると他の三人は「超級に困っている人」ばかりだ。

わたし程度で……といまさらのように不安を募らせたが、顔合わせの初日に自己紹介代わりにあれこれ話した結果、他の三人から「いまいちばん困っている人は青山さんのようなので、青山さんが困りごとを話す人（相談者）として、オープンダイアローグを始めましょう」と満場一致で決まった。

高次脳機能障害、うつや摂食障害、発達障害といった皆さんより、たったいまはわたしがいちばん困っているのか。そう認定されただけで、もうほとんどの話を聞いてもらったような強い安心感と心強さと、「困っている人」の自信が改めて湧いた。

そして安心してめそめそと泣きながら愚痴のような、弱音のようなものを漏らして、みんなにただただ聞いてもらい、わたしの話を聞いたみんなの感想も聞かせてもらった。

それはいまもってうまく言えない体験だった。なにもないと言えば、なにもない。ただ話をする声と、当たり前だが時間の経過がある。それ以外は、うーん。表現することが難しい。

「オープンダイアローグ」は「対話の手法」だが、複数で集まって話す、聞く。基本はそれだけともいえる。「その人の体験や話を否定しない」「ジャッジしない」「説得やアドバイスをしない」といったシンプルな対話のルールが共有できれば、特別な道具も使わずとも、人が集まればその場は生まれる。

特徴的なのは、「リフレクティング」という独特のプロセスかもしれない。

集まりの場で、参加者はフラットなポジションでお互いの顔が見えるように座る。そこでまず相談者が話したいことを話す。その後、不自然ではあるが、相談者と目を合わせないように身体の向きを変えて、「聞く」メンバーだけでそれぞれが感じたことを伝え合うのがリフレクティングだ。相談者からすると、まるで他人の話でも聞くように、目の前で「自分についての話を聞く」ことになる。

わたしはこれまで、適度に質問を挟んだり、相づちを打ったり、言葉のキャッチボールを弾ませることが「良い会話」だと思い込んでいた。けれど「話す」と「聞く」を分けた、話を遮《さえぎ》られることがない場だと、内容は支離滅裂であっても「話し切る」ことができるような感触があった。話に結論は出ないのに、「聞いてもらえた」という実感というのだろうか。

最初はとりとめのなさに不思議な感触をもつが、体感的にとことん安心が確保された「居場所」となることもわかった。だからめそめそ泣けたのだと思う。

アドバイスはなくとも、共感や心配の気配は伝わってくる。言葉を選ぶその所作からも。その場で結論が出て、問題が解決する、なんてことが起きなくても、一緒に考えていきましょうという心強い言葉があった。いや、やっぱりそれを越えた気配がなにより大きい。

「じゃあまた二週間後に」と、次回の予定日を決めて画面をオフにしたあと、わたしはそれまで感じたことのないような脱力感に襲われた。ふと迷い込んだジャングルで突如スコールにあい、全身びしょ濡れになり疲れたけれど、見上げると晴れ渡った空が広がっていて、なにかこう身も心も軽くなったような。ちょっとした憑《つ》きものでも落ちたような。

そんな体感とは別に、なぜかわからないけれど、その日、仕事場から自宅に帰る「退勤」の際に、普段のルートとは異なる道が通ってみたくなり、遠回りなんだけれど、「したくなった」自分の選択を尊重する、みたいなことをしたのを覚えている。

そればかりで申し訳ないが、本当になぜかわからないけれど、わたしはその日から小さな選択が少しずつ変わっていったのである。

全く立場の違う人たちから、まるで異なる感想（言葉）を聞いたからだろうか。貂々さん、月美さん、大介さんの三人とも、驚くほど考え方が異なり、言い方を換えると全然嚙み合わないのだが、そのことすらなぜか悪くない。

わたしは不調になってから、自分の一貫性のなさに戸惑っていた。考えがまとまらず、時に暴走し、ころころ気分が変わり、自分のことがわからない。オープンダイアローグでまるで考え方の違う他の三人と話をしながら、「この人と違う」と感じるのは、「わたし」

なんだなと再発見するような感覚も抱いていた。自分のことはわからないけど、「他の人とは違うと感じることはわかる」。ものすごく遠回りで小さなことだけど、確かなことだと信じられる。それを共有してくれている人がいるからこそ、信じられる。

とにかく悪くない。かなり悪くない。これは継続すると自分にとってとても良きものだと確信した。しつこく繰り返し、なぜだかわからないのだけど。

さて、実はわたしが通っている精神科クリニックの待合室の本棚には、『まんがやってみたくなるオープンダイアローグ』が発売されてすぐに並んでいた。わたしは部屋を借りるときもそうだが、なにかを始めるときはなんでも先生に相談や報告をしていた。それが自分に良くなかったらどうしようと不安だから。

オープンダイアローグをやってみようと思ったときも同様で、相談すると「へ～面白そうやね。また報告して～」と返答を得ていた。実際にやってみたという報告をした際は「うまくできてる?」と聞かれても、「うーん、わかりません」としか言いようがなかった。だって誰もが素人で、そもそも正解がわからないのだから……。

「否定されることがないなかで話を聞いてもらえるのは、悪くはないと思います。わからないけど……」「話したいことがあるの?」「めっちゃありります!」「じゃあ、聞いてもらえたらいいね。また教えて～」

オープンダイアローグを始めてから、先生と話をする間合いのようなものも、どこかゆるんだような自覚があった。診察時間で話せなくても、またみんなに聞いてもらえばいいやって。

人とのご縁や流れというのはあるものだ。オープンダイアローグを始めた翌々日の夕方、一本のメールが着信した。差出人は仕事で関わったことのある雑誌の編集者さんで、一回り以上年下だがしっかり仕事のできる女性。内容は丁寧な退職のご連絡だった。関わったのは単発の仕事だったけれど、わりに密にやり取りした記憶があったので、「実はわたしは不調でお休みしていて、こちらこそあの節は御世話になりました」といった返信をしたところ、すぐにまたメールがあり、彼女も同じように心身がくたびれて休職するに至ったことを知った。

そうでしたか。大変でしたね。お疲れ様でした。みたいなやり取りから、折角だし仕事を離れておしゃべりでもしましょうと話が流れて、早速オンラインでお会いすると、低すぎるテンションと不調の症状などにお互いに驚くほど共通点があり、二人で「同志よ！」と泣けてきた。

なにより、そうしたしんどさをはるかに越えて、韓国ドラマや映画といった映像への興味関心が近いことがわかり、すっかり意気投合。彼女（アヤさん）とは一気に長年のおしゃべり仲間のような気心知れた関係になり、以来、間を置かずおしゃべりする関係になった。ど不調仲間なので、例えばメール返信がすぐに来なくても「ああ、しんどいんだな。スマホに打ち込むのも負担なんだな」と互いに言わずともわかり合えるのも気が楽だった。

やり取りを重ねるほどに、彼女はそれまでの仕事柄でも個人的にもメンタルヘルスに非常に関心が強く、知識も豊富であることがわかってきた。オープンダイアローグについて話をすると、オープンダイアローグに関するテーマではなかったが、とある実践者の方に取材したこともあるというではないか。

「折角だし一緒にやりましょう」「そうしましょう」

それ以降、アヤさんはわたしにとってオープンダイアローグのバディのような存在となった。彼女と一緒の最初のチームは、言葉を扱う姿勢や、言葉のもつ力を模索、探求する真摯さに絶対的な信頼を置いている校正者の牟田都子さん（わたしにはめそめそ泣き言を聞いてもらえる一人でもあった）。また、言葉をフィジカルに捉える抜群の感覚と、言葉に触れるやり方の繊細さに敬意を抱いている友人で、元ラグビー日本代表でスポーツ教育学者の平尾剛《つよし》さん。そんな仲間を得て十月に立ち上がることになった。こうした流れのすべてが、雪解けの水滴が小さな川の流れとなるように、ごく自然な理《ことわり》のような不思議さで生まれていったように思う。

自分を突き動かした一冊の本

にわかに人との関わりが具体的に動き始めた九月上旬のこと。一冊の本との出会いがあった。国連で働いていたパリ在住時代を綴ったエッセイ『パリの国連で夢を食う。』や、世界を舞台に大切な人との別れというか、その先を描いた『晴れたら空に骨まいて』といった作品でファンだったノンフィクション作家の川内有緒《ありお》さんの新刊『目の見えない白鳥《しらとり》さんとアートを見にいく』（以後『白鳥さんとアート』）だ。

SNSでフォローしている、神奈川県大船で「対話する本屋」という看板を掲げる「ポルベニールブックストア」さんに予約注文していたその本は、発売当日にはわたしの手元にあった。

物語は、有緒さんの二十年来の友人で、念入りなアート好きのマイティ（佐藤麻衣子さん）の「白鳥さんと作品を見るとほんとに楽しいよ！」というひと言から始まる。タイトルともなる主人公の白鳥建二さんは、年に何十回も美術館に通う全盲の美術鑑賞者。彼の美術鑑賞の好みを端的にいうならば、作品としては「よくわからないもの」だという。

でもさ、そもそも「見えない」人が「見る」ってどういうこと？　わからないので知りたくて思わず頁をめくってしまう。この「わからなさ」というキーワードは『白鳥さんとアート』という一冊のなかで通奏低音のように流れている。

印象派の絵画から、現代美術家のインスタレーション作品まで、一章ごとに見にいく作品ジャンルが異なり、作品鑑賞に合流する仲間の顔ぶれも変わるので飽きずに楽しくて、それぞれ読み切り漫画のようにテンポ良く読めたことも、無重力のような「無集中力」全開のわたしにはありがたかった。あまりに面白くて、一章読む度に思わずＳＮＳに投稿したほどだ。

ふと、カウンセラーの伊藤絵美さんの講座で、ご自身も取り入れていると聞いたワークの一つに「推す」というものがあったことを思い出した。自分の好きな人やものを誰かに話したり、見たり、聞いたりするのは、気分が上がって悪くない。そういえばわたしは、不調になってからも、気に入った本を「すごい」「面白い」という語彙力のなさを発揮しながら、熱心に「推す」ことは継続している。「推す」の、いいかも。

そんなある日、福岡の唐人町《とうじんまち》にある書店「とらきつね」にて、その階上で学習塾を運営する鳥羽和久さんが、『白鳥さんとアート』をテーマに、有緒さんを招いてトークイベントを開催すると聞いて驚いた。

第三章で書いたように、鳥羽和久さんの著書『おやときどきこども』は、自分の人生にも関わるような特別な一冊だったからだ。親子の関係がしんどいのはなぜなのか。鳥羽さんの語りに、「親」ではないけれど、かつて「子ども」だったわたしは多くのヒントをもらっていた。その鳥羽さんが有緒さんと対談とは……。二人のファンとして、いくら重たいお尻でも上げずにはいられない。思わず新幹線のチケットを予約していた。

十月三日、博多の福岡アジア美術館で有緒さんとも初対面。そして実は、『白鳥さんとアート』の発端となる「白鳥さんと作品を見るとほんとに楽しいよ!」発言のマイティさんは、ちょっと別でご縁があって個人的に知り合いだった（本が出てから知ったのだが）。言葉のやり取りは重ねていたがマイティとも初めて会えて、めさめさ感動した。マイティも一回りほど年下だが、少し話しただけで、「気が合う」ことが瞬時にわかった。大人になって、年齢も職業も異なる友達ができる嬉しさは、格別のものがある。

また、その福岡行きは、不調になってから初めての遠方出張だった。土地勘もないし、気疲れして、万が一倒れたら……などとまた不安を過剰に膨らませたが、わたしが主宰していた文章講座の受講生の方、お二人が現地に行く予定で、「サポートしますよ」とお声がけくださった。二人とも心と身体に精通した鍼灸師で、わたしは自分の不調を丸ごと伝えられていたので、当日はほんとにかなりお世話になり、帰りの電車に乗るまで背中を見守っていただいたほどだ。

　会いたかった人に会い、人のやさしさに触れ、そして鳥羽さんと有緒さんの深い考察に満ちた、知性とユーモアにあふれるトークセッションを聞き、新幹線に飛び乗ってシートに沈み込みながら一日を振り返り、自分がこんなふうに動けるなんて……泣きそうに感動した。

　それは同時に自信にもつながった。「自分なんてだめだ」「できないかもしれない」なんて不安はまだまだ湧いてくるが、こうして「行動した」ことは事実として「ある」。小さな事実を積み上げていくことが、小さな自信につながる。それを増やしていこう。

　誰かと関わって動いている間は、思考が「自分」に居着かない。自分のことに囚われる時間が減る。うん、悪くない。

「わたしは変わった」という事実

　十月、十一月と、自分が関わるチームが少しずつ増えるなかで、教科書にしていた『まんが やってみたくなるオープンダイアローグ』を改めて読み返したり、関連イベントはできるだけ積極的に申し込んだ。なかでも精神科医の斎藤環さん、そして精神科医で鍼灸師の森川すぃめぃさんが登壇されるオンラインイベントは可能な限り視聴した。特に九月初旬に発売された森川すぃめぃさんの『オープンダイアローグ　私たちはこうしている』の刊行記念イベントでの、模擬ロールプレイはものすごく参考になった。

森川さん、『まんが やってみたくなる～』を描いた水谷緑さん、精神保健福祉士の村井美和子さん、担当編集者である医学書院の白石正明さんたち六名のキャストが、困りごとを抱える家族、医療チームを演じる姿を見られたことで、実践に対する心構えみたいなものが初めてできたように思う。とりわけ、森川さんの丁寧で繊細な場のつくり方。皆さんが沈黙を大切にしていることを肌で感じられたのはとてつもなく大きい。

その後、関わるチームがどんどん増えたが、たいていはメンバーが四人ほどでこぢんまり。開催は月に一、二度。話す内容は困りごとに限らず、その場でみんなで決める。特にテーマを決めずに、とりとめなく話すだけの日もある。

ただのおしゃべり会のようでもあり、時に共通の困りごとを話し合う自助グループのようでもあり、あるテーマを考察する勉強会でもあるし、本や映画など趣味の感想会のような時間でもある。話す内容はなんでもいい。約束をして会い続けるだけでいい。なによりただ一緒に過ごすことが安心を生むような集まりの「場」を、いろんな友人と継続してもつことが、自分にとって悪くない。

救いを求めるような気持ちで始めたオープンダイアローグだが、明確な目的をつくることはむしろ「違う」ようにも感じて、「関わる」ことを最優先に、とにかく「会う」ようにした。

さて、再び十二月が訪れた。

「忘年会がてら」なんて声がけをし合って久しぶりにリアルの会食の機会が増えた。ただ、わたしは浮遊感が気持ち悪くてお酒が飲めず、夜の外出を控えている。「日中のランチしか無理やねんけど、いいかなあ?」、そうやってめまいについて、不調について親しい人に打ち明けることも、自分にとって良き感触がある。

年末年始は相変わらずひっそりとしたものだったが、一年前を思い出してみると、ほとんど心を閉じて殻に閉じこもっていた自分とはかなり違う。めまいもあるし、全然元気とはいえないけど、「違う」という事実。「悪くない」という実感。それでひとまずオッケーではないか。

二〇二二年を迎えた一月。わたしは人類学者の磯野真穂さんのオンラインの連続講座「聞く力を伸ばす」を受講した。その一年前、楽しみにしていた磯野さんの講座なのに、パソコンの画面も見られずほとんど参加できなかったので、リベンジしたいような気持ちが強かったからだ。

二度目にして、不安定ながら全回視聴できた（心から嬉しかった）。文化人類学の社会調査で用いられる質的調査方法の一つ、エスノグラフィック・インタビューのような実践にも参加して、組ませてもらった方と、ちょっとした奇跡のような感触をお互いに得て、その体験は大きな贈りものでもいただいたように感じた。

磯野さんの場のつくり方にもいつも感銘を受ける。真っ直ぐな曇りなき眼で、その瞬間に生まれるものを見逃さず、真摯で丁寧な場への触れ方。清々しい雨が自分の身体の奥にまで降り注ぐような感触がある。とても良き感触。

そしてまた、一年前は二十数年前の震災体験が生々しく蘇り、数年前の母の看取りの巻き戻し再生を止められなかった一月だが、なぜかもうそんなことは起きず、かといって忘れたわけでもなく、思い出すあれこれに胸を痛めて、母の安らかな眠りを祈り、心静かに手を合わせたわたしだった。

この一年を振り返ってみると、あっという間のような気がしたが、一日一日は終わらないかと思うほど長く果てしなく感じる日も多かったし、いつも一杯一杯で必死に生きたという記憶しかない気もする。こんなに全力で生きた日々があっただろうかと思うほど、必死な自分に泣けてきた。その涙は辛く悲しいだけでなく、どこか安堵が混じる複雑な温度をもっている。

　これからの一年をわたしはまだまだ必死に生きねばならない。人生に対する畏《おそ》れと期待。そんななかでわたしは二月、五十一歳の誕生日を迎えた。夫がわたしの大好きなお鮨《すし》屋さんの上ににぎりを持ち帰ってくれた。

「泣きそうに美味しいわ」

「美味しい言うて喜んで食べてもらうのがなによりや」

　夫が老舗《しにせ》のご飯屋の女将《おかみ》のインタビューのようなことを言ったので、なんだか笑ってしまった。五十歳の誕生日には想像もできなかった穏やかさ。

　思えばこの一年、家のこともなにもかも、夫がサポートしてくれた。食べることにもやる気をなくしているわたしが好きそうな料理を、「どや!」という顔でつくってくれるので、少しずつご飯にも味がするようになった気がする。いつも本当にありがとう。心のなかで呟いた。

映画『プリズン・サークル』の衝撃

　二月には、もう一つわたしにとって大きな出来事があった。二〇二〇年公開時に見逃してしまい、それ以来ずっと見たかった坂上香《かおり》監督の映画『プリズン・サークル』の上映会に参加できたことだ。京都の龍谷《りゅうこく》大学の犯罪学研究センター共催で、深草《ふかくさ》キャンパスという神戸からいささか遠めの立地だったので、帰りの時間を考えると体力がもつだろうかと自分のことが少し心配だったが、思い切って行って良かった。

舞台となる「島根あさひ社会復帰促進センター」は、官民協働の新しい刑務所。そこで行われている「TC（Therapeutic Community＝回復共同体）」というプログラムの実践を取材したドキュメンタリーだ。生きづらさを抱えた人たちが、回復のための、平等で対話のある共同体を自分たちでつくるTCプログラムは、特殊な道具を使うわけではなく、フラットな配置で椅子が並べられ、そこに座った人が「話す」「聞く」ことが基本にある。

誰かを傷つけた人は、自分がなにをしたのかをよく理解していない。「自分」という存在に対して投げやりで、なぜ自分が罪を犯すことになったのかもわからない（ように見える）。

TCプログラムの過程で、誰かを傷つけた人が、また自分も過去に誰かに傷つけられていたことを知るときに、それまで言葉にならなかったことが、初めて言葉になる。そのなかで人は言葉を失い、同時に取り戻す。そんな瞬間を見続けるような作品だった。

人のなかにある傷は、人によってつくられたものだけれど、その傷を回復させるのもまた、人の言葉なのだ。回復共同体という言葉どおり、ひとりではできない。誰かと一緒に共同で、自分の心と向き合うその過程が、重要な意味をもつ。

魂に触れてくる、とはよく使われる修辞だが、『プリズン・サークル』という作品鑑賞はわたしにとってまさにそんな体感だった。タラ・ウェストーバーの『エデュケーション』を読んだときと同じような衝撃をもって。

また、「対話実践」という点では、自分がやり始めたオープンダイアローグの場で感じるものとの共通点が多かったことも、強く惹きつけられた理由だろう。

そして、もう一つ大きな要素がわたしを揺さぶった。作品の舞台となる刑務所では、その場所柄、罪をとおして「加害者」「被害者」という立場の違いが明確に存在する。けれども、「加害者性」「被害者性」はぴしりと明解に線引きできるものではなく、一人の人間のなかに「加害者も被害者である」という逆の立場が浮かび上がって、混在する。

映画を見ていると、わたしは自分のなかの「被害者性」と「加害者性」がそれぞれ強く疼き、内臓をかき回されるようだった。直感した。このこともわたしの心の奥底にあるなにかだと。そう感じるだけで、ああ、だめだ。自分の芯がぐらぐらと揺さぶられて、怖い。

いまは確認するだけで考えることは保留にしよう。もっと気力体力を自分につけて、そしてひとりでは立ち向かわないようにしよう。信頼できる仲間と一緒に、助けを借りてやろう。
一年かけて、こつこつ心のトレーニングをしたおかげなのか、すぐにわかろう、わかりたいという自分をなんとか抑えることができている。そのことも、大きな事実としてわたしを安心させてくれた。

【この章に登場した本】

伊藤絵美『コーピングのやさしい教科書』金剛出版、二〇二一年
石田月美『ウツ婚!!――死にたい私が生き延びるための婚活』晶文社、二〇二〇年
鈴木大介『脳が壊れた』新潮社、二〇一六年
鈴木大介『されど愛しきお妻様――「大人の発達障害」の妻と「脳が壊れた」僕の18年間』講談社、二〇一八年
川内有緒『パリの国連で夢を食う。』幻冬舎文庫、二〇一七年
川内有緒『晴れたら空に骨まいて』講談社文庫、二〇二〇年
川内有緒『目の見えない白鳥さんとアートを見にいく』集英社インターナショナル、二〇二一年
森川すいめい『オープンダイアローグ　私たちはこうしている』医学書院、二〇二一年

第七章
めまいを巡る冒険

ライターと編集で食べてきたわたしが、「書く」ことの大半をやめざるを得なかった二〇二一年一月から一年弱。細々と仕事を継続しつつ、経済的な不安は相当に大きかった。「ちゃんと働けていない」気がして自分を責めてしまうし、収入が激減することはほとんど恐怖でもあった。

この問題については思い切ったアプローチが功を奏した。最も近くでわたしの不調を目にしていた夫に率直に相談したのだ。

シンプルだが意外と難しい方法を選択できたのは、仲間との雑談の場で、家庭内の収入格差についていろんな人から耳にしていたからかもしれない。特に働きながら家事をする女性から。話を聞く度に、家事という名の無報酬労働に対する憤りがあふれて、自分に置き換えると、わたしもすでにそれなりの労働貯金をしてきたように思える。

ある日、わたしは夫にゆるい投資を持ちかけることにした。フラットな立場の家庭という名の共同経営者として、できるだけ卑屈になることなく。

不本意ながらいまのこの体調では自分で稼いで食べるのが難しい、だから「無期限無利子で担保なしの融資を検討ください」と。

夫はちょっと面食らっていたが、「ええで。いくら?」とあっさり商談に応じて、すぐに融資というか投資をしてくれた。「調子が良くなったら、またやりたい仕事もできるやろ」と、励ましの言葉を添えて。

二〇二一年の秋の頃、まだ貯金がほんのちょびっとあるにはあったが、底突きを目前にした口座に資金が振り込まれると、わたしの心から大きな黒い膜がべろりと剝がれた気がした。お金のことは夫婦でも、家族でも言いにくい。わたしも仲間から度々話を聞いていなければ、そんな唐突にも思える提案なんてできなかっただろう。やっぱり人の話を聞くって大事だな。心から思う。

お金の心配は一旦「保留」にしたおかげか、わたしは仕事への焦りを抑えて、できそうなこと、やりたいことだけしていこうと意識できた（ラッキーだったとも思う）。

十月に福岡に足を伸ばして著者の川内有緒さんにお会いしたことも含めて、書籍『白鳥さんとアート』の書評記事をウェブ媒体で書くことが決まったが、書きたい気持ちになるまで二カ月かかり、ようやく書き上げたのが十二月の終わりで、記事は年始に公開された。わたしは久しぶりにまとまった文章を「書けた」ことに深く安堵していた。自分をのぞき込んで「書く」ことはまだ難しいが、「好きなこと」や「好きな人」のことなら書けそうだと。

そんなわけで書評や人物紹介の記事のオファーを引き受けるようになり、細々とした収入が少しずつ増えていくようになったのが、二〇二二年の春の頃だった。

ふわふわの正体は「浮動性めまい」

日々の小さなコーピングやマインドフルネス（という意識をしないほどの行動）を積み重ねながら、しんどいときは仕事部屋でひっくり返って寝転んで、それでも時に現れる不安を「忘れる」「気にしない」の二枚札でその都度流し、できるだけ自分に対して気に病むことをやめる。そんなふうに、複雑疲労骨折していたような心身の調子は、悪くない感触で確実に変化していったけれど、どうしても気にかかることがある。しつこく消えない雲の上を歩くような浮遊感だ。四六時中、わたしの身体を揺らす軽いめまいのようなこの感覚は、常にあるので忘れようにも忘れられない。なかなかにやっかいだ。

気にすると気が滅入るので、気を紛らわす。そんなふうに気分を上げたり下げたりする不安定なふわふわとしためまいは、わたしの揺れの身体感覚そのものだ。

めまいにもいろんなタイプがある。そう知ったのは、心身の「心」のぐらぐらが落ち着き始めた頃のこと。二〇二二年四月のある日、図書館でふと手に取った『フワフワするめまいは食事でよくなる』という本。表紙には、めまいを表現するときによく見る「頭の上にぐるぐる渦巻き」のイラストではなく、ふらふらゆらゆら揺れている女性の絵が描かれている（言葉で説明するのが難しい。絵はすごい）。

こ、これ、わたしだ……。

著者である川越耳科学クリニックの坂田英明院長によると、めまいは発生機序《きじょ》（物事や反応が起こる仕組み）による区分で、「目がぐるぐる回るような回転性めまい」「身体がふわふわするような浮動性めまい」の二つに大別されるという。

ふどうせいめまい？　初めて知る単語だった。

「はじめに」を読み始めるや、驚きで頭がくらくらした。日本にはめまいの患者さんが約三〇〇〇万人いると推定されている。人口からいくとおおよそ四人に一人はめまいに悩んでいることになる（症状の差はあれど）。

そんなに!?

「実は、このうち、回転性めまいは８００万〜１０００万人で、実に２０００万〜２２００万人は浮動性めまいなのです」

にせんにひゃくまんにん……。桁が大きすぎて正直想像がつかないが、とにかくたくさん（ざっくり）の仲間がいると知り、妙に安心して涙ぐんでしまった。このしんどさや違和感を誰にもわかってもらえない。そう感じるときにつきまとう孤独のようなものが、なにより苦しいように思う。

飛行機で乱気流に巻き込まれたとき、一瞬、無重力になるような「ふわっ」とした体感。乗っている電車や車が急ブレーキをかけたとき、思わず身体がつんのめるようなふらつきというのか。全身がうまく連動していないような感覚が、横になっても起き上がってもわたしにはずっとある。なんとかできるものなら心からなんとかしたい。

「浮動性めまい」という言葉をお守りのように胸に抱いて、わたしはふらふらと、いや、ふわふわと再び病院に足を運ぶようになったのだ。

病院行脚、再び

ここまでお読みの皆さんはもうご承知のように、わたしはかなり気軽に医者を頼る。病院が苦手という人は多いが、なんだろう、わたしは専門家の話を聞くのが好きで、病院というのは身体の各パーツの専門家である医師からマンツーマンで話が聞ける場所というイメージをもっている。

ライターという仕事柄、取材に近いかもしれない。あらかじめ本やインターネットで予習して、自分に引き寄せて咀嚼したことを頭のなかでまとめておき、それを質問、検証するような。その源にあるのは好奇心だろうか。病院に行くときは、知りたいと思うその素材が「自分」なのだ。過度な期待をしていないのもある。望むと望まざるとにかかわらず、結果的に「わたしが知りたかったことを知る」場所だとも考えている。

お年頃から、やっぱりまた更年期障害を疑い、まずはかかりつけのレディースクリニックへ。血液検査の結果、前回とは異なり女性ホルモンの数値は確かに更年期に入っていることが確認された。でもやはり、わたしが訴えるめまいに関しては該当しづらいという診断。

もうパニック発作のような激しい動悸はほとんどなくなっていたが、少し高め安定になっている血圧の微妙さから、心臓に見当をつけては循環器科。改めて、脳そのものの異変かもしれないと訪れた脳神経外科では十五年ぶりに脳のMRIもとった。

細かなパーツを点検するように専門の診療科の項目を消し込みながら、それぞれの診療科でそれなりの検査を経て、確信したことがある。わたしの身体は年相応に老いている

（あ、当たり前すぎる）。

「他は特に問題ありませんね」

「そうですか……良かったです……」

気になる数値や影は一切なく、データはすべて「異常なし」。心から喜ぶと同時に、地

図で見当をつけた場所に探していたものはなかったというような、微妙すぎる落胆。医師はみな一様に、「見た目には揺れてませんけど。それ、気になりますか？」と困ったように苦笑を浮かべる。

「T先生、わたしはどうやらそれなりに健康なようです」

心の定期通院で検査結果を報告すると、「良かったね。うーん」とT先生もやっぱり微妙な表情だ。二〇二〇年十二月の異変のあたりから一年半ほどが経ち、少しずつ変化をしているわたしのカルテを眺めて、先生がぽそっと。

「どうなんかなあ。その揺れみたいなの？　心因性でもなさそうやねえ」

「え？　でも揺れてます。いまもふわふわです。そしたら、これって気のせいですか？　いや、気（心）のせいじゃないってことですか？」

や、ややこしい……。

めまい専門医との出会い

諦めの悪さはわたしの良くないクセでもあるが、このときのことは褒めたい。これで最後と思い立ち、三週間待ちの予約を取ったある病院での精密検査の結果で、わたしはついに目にすることになったのだ。科学的に数値化されたグラフで、微量の揺れを。

少し遡《さかのぼ》るが、きっかけは循環器科の診察室でのやり取りにある。心臓にも特に異常はない。ありがたい。心から安堵していい状況なのに、「やっぱりね……」となで下ろす胸の奥はやっぱりモヤモヤする。結局のところ、このふわふわめまいの原因は、もうわからないんだなあ。明らかにテンションを下げてがっくり肩を落とす患者を、先生は慰《なぐさ》めようとしてくれたのかもしれない。

こう言ってはなんですが、青山さんはなにか重病が隠れているようには見えないんですよね。なんていうか、「めまいそのものに困ってる」ような。ただ、心因性でもないんですよねぇ。あとはめまいの専門病院かなあ。とぽつり。

め、め、めまいの専門病院⁇

最初からそこに行けばよかったのではないか。これまでの病院行脚が徒労と化すような気がして、やりきれない……。テンションをズンドコ下げるわたしを励ますように、先生が言った。専門の病院でも、おそらく年齢的に更年期のホルモン数値も含めて、脳のＭＲＩなど全身一通りの検査をすることになったと思います。めまいの原因はやっぱり重病の可能性があるから。僕も診断書を書きますし、これまでの検査も含めてすべてのデータはむしろ重要な資料になりますよ。

そうか。必要な検査を先にすませていたってことか。気になったら病院に行ってみるって、やっぱりアリだよな。うん。先生と話をしながら、頭の片隅にひっかかっていたワードを思い出していた。めまいに関連するある本の著者プロフィール欄で目にした、「日本めまい平衡《へいこう》医学会」という名称だ。

帰宅して、パソコンの検索窓に打ち込むとトップに出てきた学会HPには、「めまい相談医」（二〇二四年一月現在、全国に八三一名）のリストがずらずらっと並んでいる。

彼らは、「めまいの専門知識と診療技術」を備えていると認定された医師。いわばめまいのプロフェッショナルだ。

めまい相談医のなかには、研究業績が豊富な「専門会員」と認定される医師もいる。臨床と研究のダブルの医者なら、それはおそらくはめまいの特捜最前線。そんな先生にわたしもぜひ捜査していただきたいっ。少々遠方でも……とリストをスクロールし始めて驚いた。最前線の先生が営むクリニックの一つが、うちのめちゃくちゃ近所にあったからだ。わたしが好きなコーピングで青空と雲の写真を撮りにいく海沿いの公園のすぐそばに……。

クリニックHPによると、院長先生の専門は耳鼻咽喉科。「めまい・耳鳴り・難聴にお悩みの方にオーダーメイドの診療を」というコピーが、プレタポルテの診療に限界を感じたわたしの胸に響く。「めまい・耳鳴り・難聴」の並びも、直球で耳に届いてくる。

前著『ほんのちょっと当事者』にも書いたが、わたしは遺伝性の軽度高音域難聴で生まれつき聞こえない音がある。もともと耳が弱い上に、じーじーざあざあの耳鳴りとはかれこれ十五年来のお付き合い。さらにこの度めまいが加わった。「めまい・耳鳴り・難聴」ってわたしの耳のお悩みスリーカードではないか。たとえめまいにヒントがなかったとしても、今後の耳人生のために、行ってみて悪いことはないんじゃね。

事前記入が推奨されている質問紙をダウンロードしてみると、「めまい」「耳鳴り」「共通」項目でA４なんと計九枚。めまい、ふらつき感、自覚的な不自由度、苦痛、ストレスなど質問設定もめちゃくちゃ細かい。びしびし伝わってくるぞ本気度が。状況をみっちり書き込んだ九枚の紙と、各診療科の検査データを一つのファイルにばしっとまとめて、めまいクリニックの自動ドアを開けたのは四月下旬のことだった。

明るく清潔なクリニック（以下、めまい病院）は、ひと言で表現するならとにかく穏やかで丁寧。床は音を吸収する素材で、ばたばたという足音も聞こえないし、検査の案内や名前を呼ぶ声も大きすぎず小さすぎず、声色がやわらか。めまいや耳鳴りは、外からは見えにくい身体的な不調であり、繊細な感覚ですよね。わかっていますよ。そんな声が聞こえてくるような気配りに満ちていた。

診察室で待っていたのは、年の頃はアラカン、小柄だがよくしなる枝のような細身で、山や海での日焼けを思わせるこんがり小麦色の堺正章《まさあき》似の院長先生だ。

「おつらいなか、ここに来てくださり、ありがとうございます」

わざわざイスから立ち上がり、丁寧に頭を下げる先生のリアクションに驚いた。そんなの病院で初めてだ。マチャアキ先生が耳の困りごとを抱えた人と接してきたことは、表情豊かで、ゆっくりと滑舌《かつぜつ》のいい発声からもやさしく伝わってくる。出会って二秒で先生を全面的に信頼してしまった。

マチャアキ先生は診察の仕方も印象的だった。カルテを見ることと、患者の話を聞くことをわけて、「ながら診察」をしない。わたしの話を遮ることもなく、質問は話が終わってから一つずつしてくれる。ここまで丁寧に「話を聞く」人にはなかなか会ったことがない。ましてや保険適用の病院の診察室で。

そうなると診察時間が長くなる。待ち時間も必然的に延びるのだが（予約時間から二時間半待ちとか）、みんなが同じように話を聞いてもらっているせいか、患者さんは納得しているようで誰も文句を言わない（先生の身体が心配にはなる）。

問診と、簡単な眼振《がんしん》（眼球が一方に片寄ったあとで戻るときの動き）の検査をしたあと、少し専門的な話になるのですがと前置きをしてから、マチャアキ先生が、めまいと耳の関係を説明してくれた。

耳は「外耳《がいじ》」「中耳《ちゅうじ》」「内耳《ないじ》」から構成され、大きく二つの重要な役割がある。外からの音の情報を集めて脳に伝える聴覚の役割。そしてもう一つは身体のバランスを保つ平衡機能の役割だ。日常生活で、寝たり起きたり、歩いたり、後ろを振り向いたり、ものを拾うのにかがんだり、お辞儀で頭を下げたり。わたしたちが意識するまでもない動作や姿勢をする際に、ふらついたり転んだりしないようにバランスを保つ働きをつかさどるのが、内耳にある三半規管と耳石器《じせきき》。

マチャアキ先生は内耳の模型を手に、続ける。

原因のわからないめまいでは、内耳の三半規管と耳石器の不具合が疑われます。この二つに絞って精密検査をしたいと思うのだけれど、いかがでしょうか。

ぜひ、受けたいです!!

ついに可視化されためまい

二日にわけて数種の精密検査の予約を取ったのが、ゴールデンウィークの飛び石のあたり。子どもの頃から聴力検査の類いには慣れているいわばベテランのわたしも初めての体験が多かった。三半規管の働きを詳細に調べる、赤外線カメラを用いた検査もその一つだ。

カタツムリのような形をした三半規管は、その名のとおり三本の半規管（前・後・外側）からできていて、半規管の一本ずつに「回転」「速さ」を感知する役割がある。

両耳にある、いわばこの計六つのセンサー（半規管）が集めた情報から、脳が「回転の方向」や「スピード感」を感知して、頭を左右に振っても目が回らないように調整してくれる。だから回転性のめまいには、三半規管の不具合が多いそうだ（メニエール病も）。

検査方法はシンプルで、被検者（わたし）はパイロットみたいなごつめのゴーグルを装着してイスに座っているだけなのだが、これがまあまあ驚かされる。真後ろに立った検査者が、ゴーグルを着けたわたしの頭部を両手で摑み、勢いよく振る。差し込み型のドアの鍵でも回すように、くいっと素早く回す。

「できるだけ目線はまっすぐに意識してみてくださいね。はい、じゃあびっくりするかもしれないけど、ごめんなさいね～」

視覚情報なしに、頭だけをぶんっと振られると、一瞬、目が泳ぐ。頭部を動かしたあとの眼球の動きを観察する検査なので、目は泳いで正解なんだけれど。パンチをくらったボクサーのように、顔がそっぽを向くこと、上下、左右、斜めと全方位。これで三半規管（×2）のデータが取れた。

目の動きをコントロールする、脳や内耳の働きを調べるENG（電気眼振図）検査は、わたし史上最も目が回る体験だった。これも検査方法はいたってシンプル。目のまわりに電極を貼って頭部を固定し、ほぼ完全な暗室で光の指標を両眼で追いかけたり、左右に流れる線を眼球で追ったりするというもの（この検査機は通常、大学病院などの大きな病院にしか設置されていないそう）。

瞬きをするとデータが取れないため、できるだけ目を見開いてガン見すること一時間半。結構なスピードで動く光に自分のどこにあったのかと驚くような集中力が引き出される。めまいを起こすような光の動きを目で追うのだから、脳と内耳が働けば働くほど目が回る。終了後は、眼球がかっぴかぴで目がしばしば、脳みそはつるつる。

光を目で追う眼振図検査は眼科でもしたことがあったが、一般的なものが三〇〇〇歩ウォーキングなら、精密検査は一〇キロマラソンのようなボリューム感。

頭がくらくらしつつすべての検査を走り終えたおかげで、いくつものことがわかった。三半規管の六本中、わたしは一本の半規管だけ少し数値が低いそうだ。

わたしは大昔に左膝の前十字靭帯《ぜんじゅうじじんたい》を切っている。膝関節には四本の靭帯があるので、両足で八本の靭帯のうち、一本切ったからといって、スポーツ選手でもない限り、日常にさほど困ることはない。それと同じですか？

「そのとおりです」。マチャアキ先生は、きっぱり力強く頷いた。五本の半規管がカバーしてくれているので、特に気にすることはないそうだ。身体って、知らないところでいつも助け合っている。

というわけで、回転性のめまいの原因となる三半規管の疑いは晴れた。

では、耳石器になにか……。マチャアキ先生は、一呼吸置いてから話し始めた。

「耳石器は重力方向の感知に関係します。そのデータの一つで、ほんの少し。角度に例えるなら、上下に五度ほどの小さな揺れがグラフに表れていました。推察できるのは、耳石器の働きが衰えて、重力のバランスがうまく取れないことから、揺れているように感じるということです」

先生が指さしたモニターのグラフの一つが、小さなギザギザを描いている。

ふわっと一瞬無重力になるような浮遊感は、まさにこんな微妙な揺れだ！　一年半ほどの間、ずっとうまく言葉にできずにいた感覚が、ENG検査データから、線として可視化されたことに心から感動してしまった。科学ってすごい。

マチャアキ先生がさらに丁寧に説明を続けた。検査のなかでも、目を閉じたときの、いわば視覚情報のない「見えない」状態に限定して、わたしの頭部の揺れが計測されている。

逆に言えば、視覚情報があるときは、揺れが表れない。つまり、「見えている」状態だと、目からの情報を脳が受け取って、頭部が揺れないように身体がバランスを取っているのではないか、と。

わたしは、目で見てバランスを取るのが当たり前だと思い込んでいた。それもある。でも実は、内耳の耳石器もバランスを取るチームの主要なメンバーなのだ。現状は、メンバーの一人が不調でチームがうまく稼働していない。そんな感じだろうか。

そして、今回の検査で明らかになったのは、メンバー耳石器の不調を受け、わたしの「目」と「脳」がめちゃ守備範囲を広げて、身体のバランスを調整しているってこと。

めまい病院では、聴力についても改めて知ることがあった。一般的な聴力検査（純音聴力検査）では、ぴぴぴプププなどの検査音で「音」を聞く力を調べる。それとは異なる、「カ」「バ」「シ」などの一文字の「言葉」の聞きやすさを調べる「語音聴力検査」があり、この度、初めて受けた。その検査結果から、わたしの場合、大きいほど「音」を聞きやすい傾向のある純音聴力の数値と、「言葉」の聞きやすさが比例しないことがわかった。

思い切りざっくりいうと、本来の聴力レベルなら聞こえない「音」も、それが「言葉」であればわたしには「聞こえる」のだという。これまで人の話を聞き逃しても、文脈や、話す気配や表情から「聞く」を視覚的にカバーしているのではないかと自分なりに推察していた。それは確かにそうで、その上に、文脈のない一文字でも、「言葉」なら、わたしの脳は「音」と区別して聞き取る。だから一般的な聴力検査では測れない力で、「聞こえている」のだ。超能力ではない。脳力だ。子どもの頃から聴力の弱い人に、こうした脳の発達傾向があるそうだ。「言葉を聞く」という長年のトレーニングのたまものみたいな感じで。

「青山さんの耳も目も、そして脳も、とても頑張っていらっしゃいます」

五十年も……身体の助け合い精神にちょっと泣きそう。

そして、「言葉」ってすごくないですか。「音」から「言葉」を生み出した人、ありがとう。うぅ。

ケンケンから始めた運動療法

さて、めまいである。重力センサーである耳石器の衰え。ようやく原因がわかった。はたしてそれは改善することができるのだろうか。わたしの弱気な目をのぞき込むように、マチャアキ先生はパシッと即答。

「できます。やりましょう」

なんだか目標を決めた大会前のコーチと選手みたいになってきた。コーチの提案は、内耳の働きを良くする投薬と運動療法だった。

「投薬と運動療法の二段構えでいきましょう」

「はいっ」

ぐっと目に力を込めるマチャアキ先生、鼻息の荒いわたし。そんな二人が顔を突き合わせるめまい病院の診察室。で、いったいどんな運動をすればいいのだろう。

「もしかしたらね、ばかみたいに思うかもしれませんが……ケンケンしてくださいますか」

け、ケンケン？？？　きょとんとするわたしの前で、先生はフラミンゴのように片足でぴんと立ち、そのまま診察室を斜めにぴょん、ぴょん、ぴょーんと大きく三歩跳んだ。三段跳びの選手みたいに力強く、美しい身体の動きに見とれてしまった。

うながされて自分でも真似てみようとしたら、片足で立とうとするもずっしり乗っかる身体を膝が支えきれず、足もとはぐらぐらぐらぐら。フラミンゴどころか、壊れたやじろべえのようだ。なんとか片足立ちしたところで真上に跳んでみるも、どたっどたっ、足裏と床の間は二センチも空いてなかったと思う。

「案外難しいもんですよね」

脇の下ぐっちょりで軽く動揺するわたしを気遣いながら、マチャアキ先生は具体的なアドバイスをくれた。まずその場で片足でぴょんぴょん。慣れたら前方にケンケン。さらにできそうな場合は、目を閉じた状態でケンケン。言うまでもなく、安全な場所で転けないように。無理はせずにぼちぼちとね、と。

はてしなくやさしいマチャアキ先生だが、ぎょぎょっと驚くようなスパルタな提案も受けた。

「普段は見ないような方向に頭を振るのもいいですよ。ぷいっと素早く顔をそむけるような感じで」

三半規管の働きを調べる検査で体験したような、フックやアッパーをくらったボクサーみたいに頭部をぶんと振って目を泳がせる動きをしてみせるマチャアキ先生。そ、それ、いちばん目が回るやつ……。

「そうです！　いろんな方向に目を回すことが、脳のトレーニングになるんですよ」

嬉しそうな先生の様子に、ようやくピンときた。頭部が動いたとき、内耳でうまくバランスを取れなくても、視覚からの情報を受けた脳にフォローしてもらうトレーニングのようなものか。変化球、時に暴投を投げ受け合うピッチャーとキャッチャーのように、目と脳が情報のキャッチボールを繰り返すことで、感覚の球筋《たますじ》を身体が自然と覚える。筋トレと同じように、目を回せば回すほど「めまい」に対する脳力もアップする。意図して起こしためまいは、良き負荷になるのだと。

だいたい血行

投薬治療としてマチャアキ先生が処方してくれたのは、「脳の血流を良くする」薬だった。そういえば、不調になってから、しつこいお悩みの一つに強い「冷え」がある。漢方内科では血流を良くして身体を温める薬を、鍼灸院では自律神経を整えて血の巡りを活発にするという治療を継続している。

どこに行っても指摘されるのが、血行の悪さだ。考えたこともなかったけれど（なぜ？）、脳も身体の一部だから、胃や腸と同じように冷えるのかもしれない。そうか、脳よ、お前もか……。

「血行」といえばいつも、擦り切れそうに読んでいる水谷緑さんの漫画『精神科ナースになったわけ』を思い出す（水谷さんはいまはオープンダイアローグ仲間でもある）。

登場人物の一人として、心を病んだ患者さんの肩を揉《も》んだり、診察の合間に時間を見つけては走って身体を動かしたりと、フィジカル面も重視する精神科医がいる。

鍼灸師でもあるその「森田先生」が、あるとき、主人公のナースに、心身の不調の原因ってなんでしょうね……みたいに問われ、ぽつりと呟く場面がある。

「だいたい血行」

メンタルとフィジカル、心と身体、その両輪に関係するものは、つまり「血の巡り」だと。「だいたい」という曖昧さがやけにリアルで、そのひとコマがずっとわたしの胸にひっかかっていた。

わたし自身でいうと、メンタルの不調をきっかけに謎のめまいが現れたが、「心の不安定さ」と「身体の不具合」のどちらにも、全身を巡る血液の流れが関係しているということ？

身体を動かしましょう。歩きましょう。心と身体のために。

あらゆる健康関連の本でしつこく叫ばれていたのは、ああ、そういうことなのか……。とくれば、考えるより動いてみるっきゃない。頭より身体が先に動いた。師匠の教えどおり、これは自分にとって良い傾向だ。悪くない。気軽に通えるスタジオが近所にあったので、思いつきでエアロビクスのような初心者向けレッスンに参加した。令和の切れのいいKポップみたいなダンスではなく、昭和なジェーン・フォンダみたいなやつ（スタジオではバグルスの『ラジオ・スターの悲劇』とか流れてます。八〇年代……）。なぜならわたしの音感がめちゃくちゃ悪くなっていることを、すでに思い知らされていたから。

前後、左右、斜めにステップを踏みながら、音楽に合わせてすーすーはっはっと息を吸って吐いて四十分。想像以上に身体はもたついて目が回り、音楽にも全然ついていけない。でも、動いている間はかえって揺れが気にならないし、身体がぽっぽと温まり、いくら水を飲んでも追いつかないほど無限に汗が吹き出す。気持ちいい〜。踊るのってやっぱり楽しいぞ。

平日のまっ昼間、五人ほどの顔ぶれも、シニア割引を利用したような人生の先輩方ばかり。みんなめちゃマイペースで他の人のことなんて気にもしていない。音感の悪さはどんぐりの背比べ（すみません）。そんな気楽さも良い。ちょっとでもしんどい日は無理せず行くのをやめて、週一回、通えたら週二回。いい気分転換ともなり、あっという間にひと月が過ぎていた。

オンラインで配信される合気道の稽古（六時半からの早朝稽古）を視聴することも増えた。「心を透明に」というぴしっとした師匠の声を耳にしながら、少し手足を動かしてみる。あー、なんかこういうの、いいなあ。心が伸びやかになる。

そういえば、ふわふわする浮遊感は以前が一〇だったとすると、八か七に減ったような。気のせいかもしれないけど。

六月、めまい病院の通院でそんな報告をマチャアキ先生にすると、「すばらしいです」と目をまん丸にして褒めてくれ、投薬治療はなしになった。嬉しくなって、そのひと月に考えたことを先生に聞いてみた。跳びはねる運動で、目を回しながら内耳の重力センサーと脳がそれを感知するエアロビみたいなエクササイズ。これって、脳と内耳の血行も良くなるし、結果として足腰が鍛えられて、頭がふらついても、下半身の筋力に支えられるんじゃないかと思うんです。つまり、耳石器の不具合でふらついても、脳力もそうだし、筋力でもフォローできるのかなって。

先生は目を大きく見開いた。

「それはすばらしいお考えです。でも付け加えることがあります」

えええ。なんだろう。どきどき。

「脳が動きを覚えて、身体の筋力がアップして、全身の血行が良くなる。そういう状態を継続していけば、衰えていた耳石器そのものの働きも良くなることが多いんです！」

なんと!!　一石三鳥みたいな。

でもこれはこれは、どう考えてもあれだ。すべてが二つの事実に行き当たる。書くのも心苦しいようなあまりにシンプルなこと……。「加齢（による老化現象）」と「運動不足」。

恐る恐る聞くと、マチャアキ先生は初めて苦笑を見せた。「それは……あるかもしれませんね」と、どこまでもやさしい先生。涙。身体が老いると耳石器も衰える。だから、高齢者のめまいには加齢性平衡障害も少なくないそうだ。

あああ、あまりに自分が身体の変化に無頓着で、その上、運動不足とか、いまさらすぎないか……。読んでる人もぎゃふん、でしょう。恥ずかしい。

でも、でも、遡って思い出してみると、わたしが揺れを気にするより先に、まず心の調子を崩すという流れがあった。驚いて戸惑って、寝ついて身体を休めたら、次にめまいがするようになったという経緯で、いわば緊急時のトラブルに目がいって、平常時の変化、つまり「加齢」とか「運動不足」なんて当たり前すぎることはすっかり忘却の彼方だったように思う。

のらりくらりと有酸素運動

村井理子さんの『更年期障害だと思ってたら重病だった話』という本がある。タイトルどおり、身体の不調が更年期障害ではなく実は心臓の重篤な疾患だったという闘病記だが、心臓病を体験していないわたしにも自分事として強く触れてきたくだりがある。

胸骨を切り開いて行われた大手術を終えた、なんとその翌日には早速リハビリが行われて、実際に歩かされたという驚きのエピソードだ。

「なるべく起きているように」

心臓の手術のあとでさえ、寝てばかりいるのは良くないと言われ、可能な限り座るようにつとめたという村井さん。骨にも響いたことだろう（痛そうすぎる）。それがどれほど大変で苦しいことか。村井さんが綴る心身共の苦しさにも共感してしまう。無理でしょ。心から同意する。

彼女は、三年半が経ってすっかり元気になった「現在」から、過去の闘病を書いている。その事実にずいぶんと励まされた。わたしはまだ二年ではないか。焦りそうになると、心で念じる。めまいの上にも三年、と。

気力の泉が枯渇して、ついソファにだらりと寝転びそうになっても、せめて座ろう、座るだけだよと本を思い出して自分を鼓舞する。睡眠として寝るのでなければ、できるだけ背筋をまっすぐに立てるだけで良いから……というハードルの低さで。

そうそう、村井さんが、強く現れていた全身の「むくみ」は心臓の不具合のせいだったとも書かれていた。実はわたしも有酸素運動をしたあとは、いつも履いているスニーカーがぶかぶかになる。血の巡りは余分な水分も排出してくれるのだろう。

そういえば酸素を全身に届ける血液には、この水分も重要だ。はっと思い出して、気をゆるめてお水をごくりと飲む。意識しないでもできるように習慣づけられたらいいなと思う（わたしの課題）。胸がぎゅっとなって思わず息を止めることが人生には多いけれど、できるだけすーはー意識する呼吸、大事だ。

なんてことも村井さんの本に、ユーモアを交《まじ》えながら、でも切実に書かれている。

鍼治療の先生があるとき、一つの極論だけどと前置きして、心臓さえ元気に動き、全身に血液を回せれば、だいたいの身体の不調に変化があると話しておられた。運動を始めてから、精神科では「有酸素運動はいいですねえ」と褒められた。

当たり前すぎるけど、酸素って脳にすごく大事なんだな。酸素が届かなくなると、脳細胞が死んでしまいさえする。血液の循環が全身にくまなく酸素を運ぶためだということも、改めて思い返す。やっぱり血行。また腑に落ちる。どの診療科の先生も、つまりは同じことを伝えてくれていたのだと、いまになってわかる。

「心と身体のバランス」とよくいわれるが、確かにどちらかだけではうまく回らない。どちらかが動けば、もう片方はつられて動くのかもしれない。

ちょっと話が飛ぶかもしれないけれど、わたしは不調に陥って自分を観察するようになってから、なぜか急に苛立ったり、嫌なことを思い出したりしてしまうとき、そういえばお腹が空いていたり、寒いのを我慢していたり、眠たかったり、どこかが痛かったり……実は身体的な「不快」が先にあることに気がついた。そんな身体の声に気づいていないときが多いってことにも。

心を大きく怪我することも人生にはある。身体が動かないほどのダメージも受ける。ただ、身体が動く限りは心の傷に手当てして、癒やすことだってできる。

傷が深い場合は回復にも時間がかかるし、古傷みたいに残る痛みもあるかもしれない。一つの身体で長く生きていると、無傷じゃいられない。指の切り傷や子どもの頃の火傷の跡のように、傷が残ったとしても、だからってうまく暮らせないとは限らない。

怪我をしたときは適切な治療と、身体が回復する時間が必要だ。その時々に必要な手当ては異なるんじゃないかって。

リハビリ期は、期待が大きくなるので、焦りも大きくなる。

自分ひとりだと不安になるけれど、そんなときに併走してくれる人がいたら、なんだか心強い。「治したい」医者は、「治りたい」わたしの強い味方にもなると感じている。

励ましと見守りとアドバイスをくれる味方は一人でも多いほうがいい。意見は異なるほうが躓《つまず》いたときに方向転換しやすいように思う。

拠《よ》りどころというと大層だけど、悩みごとの度に相談する人が違ってもいいかもしれないって。それが仲間なのかもしれない。

五十を過ぎたわたしの人生は、平坦で穏やかには進まないし、なにより間違いなく「老いて」いて、心も身体ももう無理がきかない。年を取るって結構大変なことだわ。しみじみ。そういえば、こうしたネガティブな意味ではない「諦め」は、いままで自分のなかになかった気がする。すっと肩の力が抜けるような「諦め」は、思いのほか生きることを楽にしてくれる。頑張りすぎるのはもうやめて、ほどほどに動いて、ほどほどに休む。騙し騙しは怖いので、あえてのらりくらりと気を楽に。

ワンツーワンツーのリハビリダンスを始めて四カ月ほど過ぎた。そういえば「ふわふわめまい」は七か、いや六くらいになった気もする。気のせいかもしれないけど。悪くない気がするなら、それでいいんじゃない。

禁酒とも異なる「酒離れ」

そんな絶賛リハビリ中、二〇二二年もすっかり秋が深まった十月の出来事だ。「諦め」

というのか、自分のなかからすっと消えたものがある。

三十年、大半の記憶を飛ばしながら念入りに飲み続けていたお酒をわたしがやめて、二年が過ぎていた。お酒に対しては自分のなかで負の感情が強すぎて、隣で夫が飲んでいる姿さえ、意識的に見ないように心のシャッターを閉ざしていた。

ただ、仲間との安心できる集まりの場でふと、自分がかつて「飲まないとやってられない」気分になった、その原因となった出来事について、話が深まることが度々あった。

プライベートでも仕事でも、ストレスフルな人間関係。よく倒れなかったなと不思議なほどの過重労働などなど（仕事ができない自分に問題があったとも思う）。

わたしの場合、飲みたくなる原因を直接的に究明しようとすれば、自分のろくでもなさへの自罰感情（時に他罰感情）が強まりすぎて耐えられない気持ちになる。でも自分ではない誰かのエピソードとして、思ってもみなかった文脈で「似たような話」が届いてきた場合は、少し離れたところからどこか他人事のように心に触れてくるからこそ、自分事として捉え直せることが多かった。傷口に指を突っ込むようなダイレクトで刺激的なやり方ではなく、観光地の微妙な精度の望遠鏡でものぞくみたいに、見慣れた「自分」をちょっと違う角度からぼんやり眺めるようにして。

「飲まないとやってられない」現実も確かにあった。飲んでやり過ごさないとしんどいようなことだったのだと、誰に言われるでもなく自分を（あるいは誰かを）ゆるせる気がする度に、心の片隅にあった重しのようなものが、消えるわけではないけれど「ただそこにある」。そう客観的に眺められるような気がした。

そういえば、わたしが飲みに行くのが好きだった理由の一つは、「飲まないと話せないことがある」からだった。けれども、集まりの場では飲まなくてもいろんな話ができている。それは嬉しい驚きだった。飲んできた過去は変えられないけれど、これからはこうして、飲まずにやっていけるのだという自信も、友人との集まりの度に強くもてるようになった。また、お酒を介さずとも、自分が充分すぎるほど盛り上がれることも知った。飲んでも飲まなくても、楽しい時間は楽しいのだと。


十月のその日は夫の誕生日で、わたしが体調を崩してから初めて、二人で夜に外食をした。わたしががんがん飲んでいた頃から行きつけのビストロで、夫はいつものように楽しそうにワインを飲んでいる。

なぜだろう。無性においしそうに見えて羨ましくなり、わたしも思い切ってワインを注文した。きれいなグラスに注いでもらった少しいいワインを一口飲んで、あまりにおいしくて驚いた。ああ、おいしいお酒って、おいしいんだなあ。

さらに驚いた。自分のなかに重しのように居座っていた、お酒に対する憎しみというか、抵抗感のようなものがほとんどなくなっていたからだ。ああ、わたしはお酒に囚われていないんだなあ。もう敵視しなくてもいいんだ。感動して涙が出そうになった。

そしてなんだか頭がふらふらして、三十年ぶりに思い出した。お酒が回ると、「酔う」ということを。

親離れ、子離れという言葉があるが、わたしは飲酒行動をやめたものの、本当の意味で「酒離れ」ができていなかったのではないだろうか。

わたしにとってお酒は、困ったときに頼りがいのある兄貴であり、親密に寄り添ってくれる姉貴であり、どんなときにも駆けつけてくれる親友で、なぜかそばにいる腐れ縁の悪友のようでもあった。どこまでも自分の一部である気がしていた。

ちょっと変な言い方になってしまうのだが、そんなお酒と離れて暮らしていたら、わたしとお酒は別の存在で、それぞれが独立した人生を生きているのだと納得できた。頭で理解する以上に、体験として。

親離れ、子離れがそうであるように、酒離れにも、距離と時間が必要なのかもしれない。そのなかでさまざまな角度から捉え直して、本当に離れることができるのだろう。

これからわたしとお酒は、また新しい関係で付き合うことになるのかもしれない。

この二年、お酒を介さず親しくなった友人も増えたし、長年一緒に飲んできた友人とともお茶を飲んで楽しく過ごせている。いちばんの飲み友達だった夫とも、お酒なしでまあまあ機嫌良くやっている（本当に自分でも驚く）。その事実がなにより心強く、わたしを励ましてくれる。

お互いの存在は変えられなくても、関わり方は変えられる。そして、自分のやり方を変えるのは難しいけれど、新しいやり方を始めることは、いくつになっても意外とできるように思う。始めてしまえばいいんだから。今日のたったいまのこの瞬間も、この先の自分にはいちばん新しい最初の一歩なのだ。

なんて思うわたしって、ずいぶんと人間が丸くなったなあ。

そういえばそういえば！　二年前、パーソナルトレーニングでぎゅんぎゅんに絞ったはずなのに、いつの間に身体、顔もこんなに丸く……あれれ。わたしって健康的なのだろうか。よくわからない。わからなさを保留にできるそんな自分は、とりあえず悪くないんじゃないかな。

【この章に登場した本】

坂田英明『フワフワするめまいは食事でよくなる――2200万人が悩む「浮動性めまい」の治し方』マキノ出版、二〇二一年

村井理子『更年期障害だと思ってたら重病だった話』中央公論新社、二〇二一年

第八章
自分のこともわからない

年を取ると怖いものがなくなる、なんて聞くけれど、わたしの場合は五十の急カーブを曲がり損ねて転倒してしまったからか、暴走して膨れ上がる不安に押しつぶされそうになるほど、怖いものが増えていた。

二〇二三年三月末、水戸出張の前日のこと。水戸へは神戸空港から約五十分の空の旅。近所に出かける程度の気軽なもんだ。なのに、わたしは自分が乗った飛行機が墜落するかもしれないという想像が止められなくなっていた。乱気流に巻き込まれ、急降下する機内に響く悲鳴……。韓国ドラマの見すぎだろうか。

フライト前の「遺言」

そんなわけでフライト前夜、わたしは加入している生命保険、ネットバンキングの暗証番号、はたまたSNSなど諸々のIDやパスワードを整理してまとめたWordのファイルを、ノートブックパソコンのデスクトップに置いた。しかしこのままでは誰にも気づいてもらえない。

そこで残された家族となる夫が、持ち主のいなくなったパソコンをスムーズに立ち上げられるように、ロック解除のパスワードを付箋《ふせん》ではりつけることにした。なにかあったときに、ノートブックパソコンから三センチはみ出した黄色い付箋が、「ふと」目に入るようなさりげなさで。

そこまで念入りにセットしてみると、パスワードの羅列では素っ気ないように思えてきた。なんせこれを目にするときは、書いた本人はもういないのだ。読む側の気持ちってものもあるだろう。わたしなら、もっと血の通った肉声が聞きたい。

それで付箋に「こうさんへ」と宛名をつけてみた。

するとなんとなくもうひと言ふた言添えたくなり、「これまでありがとう」などと書いちゃったりしてから、はたと気がついた。これではまるで遺書ではないか。

「家族によるとパソコンには遺書のようなものが……」なんてニュースで見聞きする、まさにそれだ。これはまずい……。慌てて遺書のようなものになった小さな付箋を破り捨て、一回り大きめの付箋に書き直した。

「なにかあったときの場合に書いています」

「なにかあったときは自分の意志ではありません」

仕事柄なのか熱心に推敲《すいこう》するうちに収拾がつかなくなってきて、結局、「なにかあったときはこれを見てください。○日何時に帰ります」程度におさまると、それは遺書というより遺言だった。

そして全く何事もなく、わたしはむしろフライトを楽しんで出張を終えて、付箋を破り捨てた。なにがあんなに怖かったのだろう。「死」をリアルに想像するほどに、わたしは老いてきたのだろうか。そうだ、想像でしかない。その想像にはわたしの年齢というか、加齢というか、確かな現実があり、根拠に基づいてもいる（いささか過剰だが）。

勝手に浮かんでくる根拠のない不安とひたすら格闘してきた自分を振り返れるほどに、わたしは「自分」から距離が取れるようにもなっているではないか。はっと気づき、胸がじーんと泣きそう。

誰のこともわからない

漫画『精神科ナースになったわけ』に一年中帽子を被っている女性が登場する。帽子を脱ぐと、「脳みそが出て来る」からと。最初にこのエピソードを読んだときは、統合失調症という彼女の病名から妄想を抱いているのだと理解して、さっと流れた。

ただ、二〇二〇年十二月、「自分が振り切れた」と感じた体験を経たあとのわたしは、彼女の言動に疑問を抱かなくなった。むしろわかる気しかしない。「ほんとに脳が出てしまうんだろうな。どんなに不安だろう」と胸が痛む。

その上で、同時に「そんなわけないやろ」とも思うのだ。激しく矛盾するのだが。だって現実的には脳は頭蓋骨に覆われていて、皮フで包まれているので、脳みそが出てくるなんてことはないよねと。

でも、彼女が「脳みそが出て来る」と信じるのは「彼女にとっての現実」だ。わたしは彼女にとっての現実をまずは優先したい。事実がどうであるかの前に、その人がどう感じているかが、その人の世界の「最優先」なのだから。

その人の思いを大切にしましょう。そんな言葉がよくいわれるが、それが「理解したふり」になると、やっぱりバレるんじゃないかな。

九九・九パーセントは「そんなこと思わない」と感じてしまっても、残りの〇・一パーセントで「もしかすると、本当なのかもしれない。だって自分がすべてをわかっているとはわからないのだから」という可能性を捨てずに想像できたら、矛盾に満ちた「そうなんですね」という言葉が生きてくるんじゃないか。

わかりたいけど、わからない。わからないから、わかりたい。でもわからない。知りたい。

そうやってもがくときに生まれる余白のようなものは、「その人がそのままある」という、一人ひとりの存在への、深い厚い肯定にもつながるように思う。

オープンダイアローグという「対話の手法」を「やってみましょう」と集まった何十人もの仲間たちと、やり方の正解はわからないけど、少なくとも誰もその場で傷つかないようにと模索して、時間を重ねて話をし、気づけば一年、二年が過ぎている。話をすればするほど、一人ひとりがなにを考え、なぜそんなふうに思うのか、どんな環境で育ち、生きてきたのか「知らない」ということを知った。それは驚きの連続というか、自分では想像したこともなかった未知の世界の体験のようでもある。

同時代に同じ国で暮らしていても、わたしたちは全く異なる世界を生きている。みんな違うんだな。それでいいんだな。そういうものなんだな。心からそう思う度に、どうしても囚われてしまう「自分」が姿を現すことがなぜか少しずつ減っていったようにも思う。なんだろう、人のことがわからないように、自分という存在のこともよくわからない。ま、それで、えっか。そんなとりとめなさで。

婦人科での三度目の正直？

三月末に水戸に出向いたのは、水戸芸術館で開催される『白鳥さんとアート』の「読後会」イベントに招かれたからだ。現地では、水戸芸の森山純子さんをはじめ、著者の川内有緒さん、作品の主人公でもある全盲の美術鑑賞者の白鳥建二さん、映画『目の見えない白鳥さん、アートを見にいく』の共同監督である三好大輔さんたちとお会いすることになっていた。どの人も、この一年にご縁が深まった大好きな人たちばかりだ。

二〇二一年の年末、まだ不安定の最中、久しぶりにまとまった文章を書くきっかけになったハフポスト日本版の編集者である毛谷村《けやむら》真木《まき》さんも来ていた。彼女は、もともとわたしが在籍していた雑誌編集部の元同僚で、二十代後半から三十代前半、いちばん一緒に仕事をして、会社帰りによく飲んだ身内のような存在だ。

楽しい予定しかなかった水戸滞在だが、身体的な不調はひどかった。特に夜、食事に誘っていただいた際は、座っているのも辛く、小上がりの座敷に倒れていたかったほどで、頭の上から空気の塊を押しつけられているような倦怠感。身体の内側に熱がこもったように微妙に汗が出て、なにがしんどいのか特定できない身の置きどころがないような苦しさで、一秒でも早くホテルに戻りベッドに潜り込みたくなった。めちゃくちゃ会いたかった人たちに会えて、もったいないような機会だったのに。

なんてもどかしいこの身体。身体に振り回されるこの気分。あー。まぢで頼むわ。うんざりや。

それにしてもこの汗なんだろう。も、も、もしや？

出張から戻った翌日、卵巣嚢腫とプレ更年期の経過観察でかかりつけのレディースクリニックに駆け込んだ。そういえば一月頃から生理が大きく乱れたというか「凪」になっていて、内診を受けた結果、閉経が確認された。わたしの場合は、ホルモン剤の投薬による卵巣のチョコレート嚢腫のがん化リスクが懸念されていたのだが、閉経になるとリスクが軽減されることから、更年期障害に対するホルモン補充療法（ＨＲＴ）が可能になる。

ホルモンの数値を確認するための血液検査の結果が出た翌週、ついに、ついに、更年期障害の認定を受けた。

「まぢですか！」と思わず笑って、「更年期のホルモンバランスによる不調もきてるんだ」とお墨付きがもらえて、なんだかよくわからない喜びで涙目になってしまった。長年のお付き合いになる先生も、わたしの複雑な笑顔を見て、苦笑いを浮かべて言った。「お薬飲んでみます？」「はいっっ」

ホルモン補充療法には向き不向きがあると聞くが、わたしの場合は目に見えて効果があった。熱がこもったような頭部の火照《ほて》り、お天気病と呼ばれるような気圧の変化で起こる不調、自律神経の乱れによるものなのか肌荒れ、手足の極度の冷え、気分の落ち込み、倦怠感……そんな無数の小さな不調が、薬を飲み始めるとすぐに、満潮から干潮の映像を超早送りしたようにさーっと引いていったのである。

この程度のしんどさって、やっぱもう年でしょ、年。加齢なる老化。五十も過ぎたんだからと、納得できるくらいまでに。

ＨＲＴ、すごい！

それが二〇二三年四月一日のことだった。

キックボクシング事始め

端的には良い変化ではあるが、同時に怖くもなった。

ホルモン補充療法はあくまで、更年期のホルモンバランスの変化による不調をソフトランディングさせるのが目的であり、「治す」方向の治療ではない。つまり、「変化」そのものをなくすことはできず、「変化によるしんどさを穏やかにゆるめる」だけなのだ。

本来なら生物として減少するはずのホルモンを追い足し投与するというのは、不自然なことでもあり、薬を飲まないに越したことはないようにも思ったり。また、服用する薬の違いや個人差にもよるが、わたしの場合は長く飲み続けたとしても五年ほどで、ホルモン剤を卒業（卒薬）したほうがいいそうだ。

でもさ、五十でこんなにガクンと体力が落ちるのに、五年後、そして十年後（アラカン）

はどうなるのだろう。身体は老化する一方だよね？　薬に頼れなくなったとき、頼れるのは自分の身体だけになる。

めまいの原因を探して病院を行脚した際にも痛感したように、わたしはごく当たり前に老いている。どうやら老化は全身くまなくやってくるようで、今後ますますわたしに加齢による現象が表れるのだろう。どきどきするではないか。

周囲の先輩方にリサーチするなかで、美容にも詳しい先輩のお姉さんの言葉が響いた。

「肌はな、めっちゃ高い化粧品を使ったからって過去の状態に戻ることはないねん。最高点が現状維持。だからどの段階の自分を保ちたいか考えて、いまの自分を維持したいなら、いま始めなあかん。内臓も同じ。確実に老化する。でもな、筋肉だけはちゃうねん。ほっておいたらどんどん退化するのは同じやけど、筋肉だけは思い立ったときに底上げできるねん。筋肉があったら、動きも年寄りくさくなって、若く見えるし、気持ちも上がるで」

そうか。いまからでも底上げが可能な筋肉。今後、気持ちよく生活するためにできることがまだあるのか。身体の奥のほうからちろちろ燃える本気が出たような気がした。

人間というのは欲が出る。

めまい専門病院のマチャアキ先生からのアドバイスをきっかけに、どうやら衰えてしまった平衡感覚をアップするために、跳んだり跳ねたりするダンスみたいなゆるい運動を始めたのが二〇二二年の初夏。当初はそれでもハードに感じて毎回ふらふらになっていたが、半年を過ぎた頃から身体が慣れてきて、少し強度の高いプログラムにも参加するようになった。それがボクササイズのレッスンだった。

音楽に合わせて、手足を強く、早く動かす（動いてないけど）ことで、これまで使われていなかった筋肉が眠りから起こされるように反応するのがわかった。これまでの人生でやったことのない「打つ」「蹴《け》る」なんて動きをすることが、単純に面白くもあった。

その感触を思い出し、近所で通えそうなフィットネス系のジムを検索すると、なぜかキックボクシングがトップに出てきた（アルゴリズムってヤツだろうか）。

あまりに何度も目に入るので、ちょっとのぞいてみたら、なんだか良さそう。たまたまその日の体験レッスンに空きがあり、思い立ったが吉日と行ってみたところ、超楽しかった。そして、その日の夕方には「入会します」の紙にサインしていたというわけである。

格闘技のトレーニングというより、めちゃ激しい楽しいダンスのような、小さな達成感が連続するスポーツゲーム感覚もあって、通い始めると、できることが増えてくるので、どんどん楽しい。ジムに向かうときのわたしは、いつも顔がニヤニヤゆるんでいると思う。

同時にわたしの人生からごっそり削除されていた「やる気」がめらめらと戻ってきたよう

な気がする。それは、めさめさ嬉しい……。涙。

プロの選手が登録しているような本格的なジムではなく、あくまでフィットネスクラブなので、『あしたのジョー』のようないかつさは皆無。最近できた施設とあり内装はまだ新しく、カフェっぽいお洒落なインテリアで、リラクゼーションサロンのようにアロマの香りが漂っていて、汗臭さもゼロ。闘魂をメラメラ燃やしたい人には物足りないだろうけど、気合いとか根性から縁遠いわたしには居心地が良い。

初心者のわたしが参加したのは、音楽に合わせてキックとパンチを蹴り込む、打ち込むといったシンプルなグループレッスンのクラスだ。対人で打ち合うようなトレーニングではなく、トレーナーさんの動きの見本を受けて、一本ずつ与えられたサンドバッグを相手に、それぞれのペースで動くといった流れ。

やってみるとわかるのだが、キックでもパンチでも、対象（サンドバッグ）に視線を集中する必要があり、他の人に目を向ける余裕なんてこれっぽっちもない。つまり、他の人もわたしなんて見ていない。

「うまくやらなきゃ」「間違えたら恥ずかしい」などと、常に人の目を気にしがちなわたしにとっては、「できる」とか「できてない」とか全く気にしなくてもいいのが、とてつもなく楽だ。

最初の頃は翌日の筋肉痛やら、足裏にマメができたりで、のんびり通っていたが、三週間目くらいからは身体がなじんできて動くことがどんどん気持ちよくなり、ずっぽりハマって、なんと週五ペースで汗を流すようになった（めちゃ近所なんです）。


有酸素運動と無酸素運動を組み合わせたプログラムなので、心拍数が上がり、必ず息が切れるタイミングがある。肺や心臓にも結構な負荷がかかっていると思う。不調になってからいつも喉が詰まっているような感触があったのだが、肺活量が上がったのだろうか。気づけば以前より声が出るようになっている。

それは嬉しいおまけだが、わたしにとって大きく得たものが他にもあった。手を抜く。力を抜いてサボるということだ。トレーニングの真っ最中でも、あまりに息が上がって、ああ、無理！　と思うその寸前の瞬間、すかさず力を抜いて、自分のペースで息を整えるようになったのだ。なにをやっていても力を抜くことが苦手だったわたしなのに。

軽い筋肉痛や関節の違和感があるときは、迷わずトレーニングを休み、パッチワークのように湿布をぺたぺた貼りまくる。わたしにとって湿布とは、自分の身体をケアする、大切に扱うという行動の可視化でもある。他の誰でもなく、わたし自身がわたしの身体をケアする。わたしさえケアし続ける限り、わたしの身体は傷つきっぱなしなんかにならない。自分なりにとはいえ、身体の声を聞き逃さないようになれたのは、不調になってから結果として継続してきたリハビリのような数々の取り組みの成果なのかもしれない。

友人に話すと、「格闘技!?」とまず驚かれる。

確かに、フィットネスとはいえ曲がりなりにも格闘技にハマるなんて、自分でもいまだに信じられない。ただ、このジムではなんせ試合がないし、勝敗を競うトレーニングもない。実際のところ格闘はしていないのだ。

そして、自分でも確かに元気だなあと思う。五十を過ぎてキックボクシングを始めるなんて、やるなあって。

いや、でも、というかだ。わたしは「元気になってきた」のだ。さらにいうと、「元気になっている」まだ途中なのだ。そんなふうに振り返れるようになったのも、不調のどん底だった自分が、少しずつ「過去」となりつつあるからかもしれない。

わたしの身体は頭がいい

キックボクシングを始めたきっかけは、ボクササイズの体験もあったけれど、専門のジムに入会しようとまで思ったのはSNSで生井宏樹《なまいひろき》さんの投稿を眺めていたことも大きかった。

生井さんは『60代・70代からの不調と痛みに効く！ キックボクシング・エクササイズ』という本も監修されている柔道整復師の元キックボクサーで、接骨院の隣でジムを運営されているという。そのジムでは、八十代、九十代の女性がキックとパンチを楽しんでおられる動画に、わたしはいつしか先輩からのエールをもらうように強く励まされていた。

先日、肋骨《ろっこつ》骨折から復帰したという九十二歳の方とのミット練習の様子がアップされていて、ブランクからいくと動けなくて当然なのに、普通に動けていたという投稿があり、こんな一文が添えられていた。

「僕はこういうのを、運動の貯金と呼んでるんだけども。やはり元気な時に、出来るだけ動いておいた方がいいんだよね。何かあった時のためにもね」

そうか、運動の貯金か。思い当たることがある。

何度か書いているが、わたしは四十歳を過ぎてから五、六年ほど合気道に通っていた。親の看護や介護が始まって、稽古を休むことになったのだが、そういえばわたしは、過去、それなりに身体を動かしていたのだ。

寝込んでしまったあとも、とにかく動かなきゃと思えたのは、「身体のほうが頭がいい」

という師である内田樹先生の言葉を思い出したからだし、ゆっくりとではあるが、少しずつリハビリを積み重ねて、キックボクシングを始めるまでになれたのは、運動の貯金のおかげなのかもしれない。頭では忘れていても、身体は覚えているのだろうか。

貯金、有効!

わたしの人生を「やり直す」ことはできないが、生活は「立て直す」ことはできるかもしれない。現に、リハビリ開始後の「運動」に見立てた「行動」は、そのままいまのわたしの生活をつくっている。

不調になって以来、わたしの生活も、わたしの身体も変わり続けている。激しい波はあれども確実に、悪くない方向で。これがよくいわれる「回復」なのだろうか。わたしにはそういう言葉とは、なんだか違うように思えるのだ。

キックボクシングを始めて、驚いたことがある。

なにかに勝ちたいとか思ったことのない、勝負事に全く興味のなかったわたしだが、「自分に負けたくない」という思いがどこからか湧いてくるようになった。

諦めたくない。そういう気持ちなのかもしれない。格闘技は、自分のなかにある、自分もまだ知らないものを引き出してくれるのかな。よくわからないけれど。

トレーニングの始まりでグローブを両手につけるとき、奮《ふる》い立つような感情がこみ上げる。今日のわたしは、前回のわたしに負けたくない。胸の奥でぼうっと燃えているような。それを確かめてトレーニングに挑み、毎回、負けている。思っていた自分に、軽く負けている。ぼっこぼこのぐっだぐだにされている。それもまた楽しいんだなあ。

いつか自分に勝ちたい。自分に対する諦めがずいぶんと悪くなった。そんなマイペースな自分がいまは嫌いじゃない。

さて、わたしはどこを目指してリハビリを続けているのだろうか。更年期から老年期へと向かうこれからの年代、若かったあの頃のようになりたいわけではない。戻れるとも思っていない。

浮動性めまいというのか、揺れはまだある。このめまいがわたしにいろんなことをどうしようもなく諦めさせた。その過程でわたしは多くのものを手放した。手放すことは苦しくてとてつもない不安しかなかったけれど、手放してみれば楽でもある。

そうか、わたしの身体が頭を諦めさせたのだ。わたしの身体は頭がいい。やっぱり師匠の言うとおりだ。

これからのことは、きっとまたわたしの身体が教えてくれるのだろう。わたしの身体は頭が良く、そして嘘がつけないのだから。

窓の大きな小さな部屋、ありがとう

人生へのやる気を取り戻し胸の奥をちろちろ燃やす一方で、心を静めて粛々と取り組んだこともある。これまでの人生でいちばんキツかった時期を、すっぽり包み込んでくれた「わたしの居場所」の部屋の鍵を返すことに決めたのだ。

テキパキ効率良く片付けるようなことはせず、仕事場にしていたその部屋を、居心地良く整えたときのように、時間をかけてゆっくり整理することにした。変わらずいつも見守ってくれた友人である大家さんのご厚意に甘えて五月、六月と二カ月かけて、本はまた一冊ずつ手で運び、ソファベッドなど譲れるものは知人、友人に引き取ってもらい、そこで過ごした時間を振り返りながら、部屋を整理した。

ここは、逃げたい現実から避難させてくれて、自分の会いたい人に会いたいときに会うための心の居場所だった。

わたしはその部屋から、信頼する仲間たちと話をし続けた。誰かと関わる窓になってくれたiMac 24インチの画面越しに、親密なやり取りをする時間は、若い頃についた傷、不当に扱われていると感じたたったいまの傷。いろんな傷を一つひとつなぞるように点検する、やっぱり湯治のような時間だったように思う。

傷がある。わたしは傷ついている。それだけではなく、わたしは人を傷つけてもいた。そのことに向き合うのは、「傷つけられた」と認識する以上にキツかった。

坂上香監督の『プリズン・サークル』というドキュメンタリー映画と出会い、衝撃を受けたことは書いたとおりだが、二〇二二年三月に上梓《じょうし》された同監督による書籍を読んで、わたしはさらに大きく動揺した。

そこではご自身が受けた暴力による被害体験、加えて加害体験が語られている（すでに何度も話されているとも書かれている）。その一文を目にするや、身体の奥の奥が大きく疼いた。思い出されたものは、自分がいわば「加害」の側に立ったような体験だった。だからわたしは映画を見たとき、心臓を射貫《いぬ》かれたような気持ちになったのだ。身体的な暴力ではないが、ある時期にいた職場の支配構造がひどく歪んでいて、わたし自身は被害の渦中にもいた。そんな自分の弱さが人を傷つけたのだと思う。

受けた傷とは異なるものとして、つけた傷もある。恐ろしくてなかったことにしたいくらいの重さで。自分にとって被害・加害が混在することを認めて、わけて捉えられるようになったことで、後悔の念は以前よりくっきりとある。なかったことにはできない。しない。それは自分にできる数少ないことなのかもしれない。

そんなふうに客観的に「自分を見る」ことができるようになってきたのは、やっぱり切実な人の語りをたくさん耳にしたからだと感じている。まだここまでで不甲斐《ふがい》ないけれど。そんな自分を見ていこうと思う。

小さなその部屋は、いろんな意味でわたしを救ってくれた。自分が何者であるとか、そこにいる理由なんて考えなくてもいいような、生まれて初めて感じた不思議な安心も与えてくれた場所だ。

パソコンの画面という小窓が外に開かれた、窓の大きなその部屋が、わたしには日々いろんな人が行き交う港のように感じられた。わたしは防人《さきもり》やセンチネル（歩哨《ほしょう》）のように、港を通過するさまざまな思いや言葉をぼんやりと眺めている。集い、通り過ぎていく人たちもまた、ふっと肩の力を抜いて、日常で背負っている「役割」などを忘れているように見えた。社会的な「顔」を一旦保留にした非日常な避難場所、アジールのような場所で。

ここがわたしの心に、たくさんの小さな窓をつくってくれた。どこにいても、いつでも自由にどこかに飛んでいける窓だ。だから、わたしはもう大丈夫。やるべきことにも向き合える。なぜだかわからないけれど、そう思える。

この先、心の窓を開ける度に、この部屋のことを思い出すだろう。本当にありがとう。

わたしは書き始めた

書くことは「自分を見る」ことだから、不安定な間は控えておきましょう。心の主治医の先生とそう相談して、ひとまず「保留」にしていた「自分のことを書く」ことを、わたしは少しずつ始めていった。わたしが最初に書いたのは、二〇二〇年六月に離別を体験した愛猫のシャーのことだった。その文章はこの本の第一章になっている。

シャーのことが言葉にできるまで、わたしには時間が必要だった。言葉にしたいと思ったときは、言葉が出なかった。言葉にしたくないとも思ったのかもしれない。わからない。わからないけれど、あるときふと聞いてもらいたくなった。なにを話しても親身に耳を傾けてくれる友人たちになら、話しても大丈夫かなって。

なのにその日、シャーの顔も名前も知っている彼らを前にして、わたしは言葉が出なかった。ただシャーを懐かしむことをしたいだけなのに、なにを口にしても違う気がして、躊躇《ためら》い、黙ってしまった。

わかってもらいたいのに、うまく言葉にできない。自分の声を押しとどめるものがなにかわからない。喉の奥にひっかかるもので窒息しそうな、胸が潰れそうな息苦しさ。絞り出した言葉の断片も、間違えてしまった気がして引っ込める。そんなことを繰り返すわたしを見守って言葉を待ってくれる友人の顔に助けられて、ようやくまとまりのない話をし始めた。少しずつ。

シャーとの別れの時間を思い出すことは、わたしにはまだ苦しい。あのさみしい気持ちにそっと布をかけて見えないようにしているけれど、そうするうちにシャーの顔も、やさしい声までも忘れてしまいそうになる。

シャーがいた幸せを忘れることはなによりも怖い。耐えられない哀しいことだ。大切な誰かについての苦しい過去と、幸せに存在していた思い出は同時に自分のなかにある。それぞれを都合良く取り出すことは、難しい。難しくて当然ということがわからなくて、どうしていいのかわからなかった。

最近はこんなふうに思う。

思い出すのが苦しいことは、心の奥に布をかけて見えないようにしてもいいんじゃないかって。忘れてしまうことが怖い、自分にとって特別に大切な思いや記憶だけを浮かび上がらせて言葉にしてもいいのかもしれないと。

だからわたしはシャーがいたことの幸せをときどき懐かしむことをしようと思う。いま感じているさみしさは、いなくなった猫でも死んだ猫でもない、わたしにとって特別な存在がいたことの確かさがもたらす幸せなのだから。

そんなふうにも思えるようになったのは、雑談みたいなおしゃべりのような機会があったからだと改めて思う。

言葉にならなくても「ない」わけではない、言葉になる前にすでにあった思いのようなもの。それに触れてくれるのはぽつぽつと語られる、自分ではない誰かの言葉だ。人が語り合うことにわたしは希望を捨ててはいない。

「自分でわからない」ことは、「自分だけ」では言葉にできないことなのかもしれない。だから本を開けば届いてくる言葉にも耳を傾けて、自分の言葉を探すのだと思う。これからもわたしは誰かの話、その人だけの声を聞き、こうしてとりとめのない話をしていこう。

シャーは猫ひとりだったので目にすることがなかったが、姉妹猫と暮らすようになって、猫同士がケンカすることに驚いた。

生まれたときから一緒にいるせいか、気が合うのか、時折激しい取っ組み合いを見せてはらはらさせた次の瞬間には仲直りをして、お互いの顔や身体をペロペロと舐《な》め合っている。ぐるぐると喉を鳴らす音は平和そのものだ。

幸せな音だなあ。わたしひとりでは辿りつけないシャーの声を、姉妹猫の鳴らす音で思い出す。幸せだけを思い出す。

手放す

鳥羽和久さんの『おやときどきこども』を定期的に読み返している。読み返すそのときどきで、特にわたしに異なる感触で届いてくる部分がある。「絵を描く仕事がしたい」と言っていた中三の女の子が、わずか三カ月で親と同じ看護師になると宣言し、私立高校の看護コースに進んだというエピソードだ。

親の呪いにかけられて自分の将来を決めていく子どもはたくさんいます。しかし、そうやって親に操作されているように見える子どもに「親の言うことなんて聞かずに自分のやりたいことを貫きなさい」と第三者が口をはさむことは簡単ではないし、たいていうまくいきません。これは所詮《しょせん》他人の立場では親に遠慮して言えないという単純な問題ではなく、もっと子どもという主体の根幹に関わる問題です。

というのは、子どもが主体性を獲得するためには、多かれ少なかれ親の呪いを必要とするのです。親の価値観や美意識といったものの影響は子にとって呪いとなりますが、一方で一生の宝にもなりうるものです。呪いでない宝はなく、だから親と子の間に第三者が立ち入ってその考えに異議申し立てをすることを簡単に考えてはいけません。呪いは確かに子どもをコントロールすることと同義ですが、だからと言ってすべて悪いものだと断定するわけにもいかないのです。だから、彼女が母親と同じ職業を選びとったことは、呪いであると同時に一生の宝であるかもしれません。このように、親と子の関係は一筋縄ではいきません。親は子どもに、祝福と呪いとを同時に与えうる存在なのです。

（一四二～一四三頁）

「呪い」か「宝」か。読む度に自分に引き寄せて、呪いだと感じて苦しくなったり、宝だとすれば親に申し訳なくなったり、必ずどちらかを強く感じて読んでいた。

二〇二三年の秋が過ぎ、十二月に入ったあたりからだろうか。どちらとも読めない自分もいることに気づいた。

鳥羽さんが書かれているように、祝福と呪いが同時にある。また「与えうる」と書かれているように、与えるのか、与えないのかも、受け取るわたしに委《ゆだ》ねられている。そのことが初めてわたしの胸に声として届いてきた。

「呪い」でもあり「宝」でもある。二つがかけられた天秤《てんびん》はゆらゆらと定まらないが、天秤とは揺れることでむしろバランスを保っている。どちらが重いわけでも軽いわけでもない。その天秤をわたしはただ眺めているような気持ちで。

そのように声が届いてきた感触は、わたしには悪くない。揺れるものなのだと腑に落ちた瞬間に、肩にずっしりしょっていた大きな荷が下りたように力が抜けた。


二〇二三年十二月、心の病院の定期通院でのこと。

「めまいは気にしないようになってるんやね。じゃあ、あとはもう睡眠のお薬を減らしていけたらいいくらいやねえ」

「挑戦します！　でもやめられたらラッキーくらいで一生懸命にはやりません」

「あれから三年やねえ。ずいぶんと変わったんちゃう？　お酒もやめたしねえ」

「根拠のない不安とか、そういうのはもう出てきません。理由がある不安はありますけど」

「不安、あるよねえ。青山さんは、ほんとにいろいろやってきたねえ」

すっかり分厚くなったカルテをぱらぱら捲りながら先生に訊ねられた。

「なにが良かったんかなあ？」

「えー、いろいろやりすぎて、わからない……。でも、ぜんぶやってみて良かった気がします。いろんなことやったけど、逆にいろんなものを手放していった気がするんです」

「手放すっていいねえ。なにを手放したん？」

「自分のことをどうしたいとか、夫にはこうなって欲しいとか、自分も誰かもなにもかも思いどおりにならなくてしんどかったけど。でも、どうにもならないよなあって。自分でも自分を思うようにできないし、そもそもどうにもならないことってあるから」

「それはね、コントロールしようとするのを手放したんと違う？」

「そうなんでしょうか。ちょっと考えてみます。考えすぎるのもやめて。ああ、また大変なことがあるかもしれないなあ。でもまあ、なんとかなるような気がします」

「生きるって大変やもん。また大変なことあるんちゃう？」

「ちょ、先生、不安になるようなこと言わないでくださいよ」

「ははは」「ふふふ」

そのときはまた先生を頼ります。他の誰かにも、まわりの人に頼りまくろうと思う。そのことにはわたしはもう一ミリの迷いも不安もない。

【この章に登場した本】

生井宏樹（監修）『60代・70代からの不調と痛みに効く！　キックボクシング・エクササイズ』メイツユニバーサルコンテンツ、二〇二二年

坂上香『プリズン・サークル』岩波書店、二〇二二年

あとがき

うつ病は「心の風邪」とも表現される。

わたしの場合は、精神科クリニックの診断はひとまず不安障害だったけれど、軽いうつと軽い躁も認められて、わたし自身の体感では「死ぬかと思った」である。風邪どころではない。

「死ぬかと思った」ような状況で、一度、はっきりと「死にたい」とも思った。

この「死にたい」は、なんとなく「死にたいなあ」みたいなぼんやり慣れ親しんだものではなかった（子どもの頃から生きるのが面倒に感じることが多かったので）。

「こんなに苦しいなら死んで楽になりたい」というくっきりした、当時の青山ゆみこ人格の強い主張で、その声が聞こえたとき、かなり怖かった。

ああ、これはもう、わたしの心か脳か、そのあたりがなんらかの病気なんだなあ。

幅広く設定されている「それなりに健康」の範囲に収まらない、いわゆる「心が振り切れた」状態だとわかった。

心の繊細さや不安定さ、奥深さについてはもともと関心が強かったので、「メンタル」

界隈や「精神医療」関連の本やニュース、映像などに結構触れていた。情報や知識として、それなりに自分のなかにあった。

そのおかげなのか、振り切れた自分を、もう一人の自分が眺めながら、「ああ、これは見聞きしてきたものだな」とわかった気がした。

「自分」というのは、あんがいどこまでも「ひとり」じゃない気がする。いや、どうなんだろう。そんなふうに分裂していることで、わたしのなかの「誰か」が暴走したのだろうか。

とはいえ、当時は、ほんの少しのその客観的な視点をもった「自分」が、わたしを精神科クリニックに駆け込ませたりして、「死にたいくらい辛いので楽になりたい」から、思いとどまらせたように思う。

思いとどまったことは、やっぱり良かったのだろうと、理解している。

でも、ひと思いに楽にならずに思いとどまったあと、「はい、じゃあ、今日からまたすっきり生きましょう~」とはならない。

わたしは常に「過去の自分」と地続きだからだ。

「死にたくなるほど苦しい思いをしたくない」という心からの願いを叶えるためには、ひどい火傷のあとの回復期のように、それなりの治療が必要になった（子どもの頃に、上半身を大火傷したことがあるのでこの表現です）。

治療はさまざまな苦痛も伴った。どんなに劇的に効く薬を用いても、ただれた皮フが一度剝がれ、そのあとに新しい皮フが再生するための時を要するように、時間がかかる。

新しく生まれる皮フは、もともとの皮フを引《ひ》き攣《つ》らせたりもする。その際には独特の痛みもある。

多くの心の病の経験者と同様に、わたしも身体の不調がわかりやすく、時にわかりにくく頻出し、そちらの痛みも並行して治療する必要があった。

「死にたい」と思うほどの状態から、「これなら生きていてもいいかも」と思える状態になるまでの心身のリハビリについて書いてきたのだと、書き終えてわかった気がした。

いまは、新しく生まれた皮フと、もとからの皮フが、境界がよくわからないほどになじんでいる。見た目にはちょっとちぐはぐしていても、皮フ感覚では違和感がない、といったところ。いまのわたしが、そのわたし自身になじんでいる。

無傷ではないし、今後は古傷が疼くことがあるのかもしれない。全快しゃきしゃきの元気いっぱいでもない。でも「回復」とは異なるカタチで、わたしは自分の人生を新たに立ち上げて生きている。そういうの、全く悪くない。むしろ、悪くないと思うのだ。

リハビリの過程で自分が抱えている問題のようなものがいくつも目に入った。アダルトチルドレンやインナーチャイルド、アルコールなどの依存症のこと、DVなどの歪んだ支配構造から起きるハラスメント、共依存などの問題もそうだ。すべてが自分事として関係していると確認することにもなった。臨床心理士の信田《のぶた》さよ子さんの著書や、HCC（原宿カウンセリングセンター）の講座にも多くの示唆を受けた（というより、救ってもらったとも感じている）。東畑開人《とうはたかいと》さんの臨床心理学講座では、心を見る「フラットな目線」や、東畑さんの知的好奇心が伝わってきて、苦しいなかでも面白さを心にもとうと思えたり。またさまざまなメンタル不調の当事者による切実な著書の数々は、どれほどわたしを励まし、助けてくれただろう。


たったいま、絶望している、生きることから解き放たれたい。

これを読んでいるなかにも、そんな人がいるかもしれない。

あなたの思いをわかるとは絶対に言えないし、その人になにができるかって聞かれても、とても難しくて黙り込んでしまうかもしれない。

それぐらい、その人にもどうにもならないことだって、ちょっとだけ想像します。

大変だろうな。

大変ですよね。

そうとしか言えなくて胸が痛い。

希望が欲しかった。小さくてもいいから。

あの当時のわたしに向けても、これを書きました。

書くことはわたしを大きく助けてくれた気がしています。併走してくれたミシマ社の編集者・角智春さんにも感謝です。


あまりにたくさんの人に助けてもらったので、名前が書き切れません。関わってくれた全員がわたしの恩人なのだと心に刻んでいます。ありがとうございます。

二〇二四年二月

青山ゆみこ

本書は、「みんなのミシマガジン」（mishimaga.com）に「相変わらず　ほんのちょっと当事者」（二〇二二年四月〜二〇二三年七月）と題して連載されたものの一部を再構成し、大幅に書き下ろしを加えたものです。

青山ゆみこ（あおやま・ゆみこ）

フリーランスの編集・ライター。1971年神戸市生まれ。神戸松蔭女子学院大学非常勤講師。対話型文章講座を主宰。著書に『人生最後のご馳走』（幻冬舎文庫）、エッセイ『ほんのちょっと当事者』（ミシマ社）。共著に『あんぱん ジャムパン クリームパン 女三人モヤモヤ日記』（亜紀書房）、震災後の神戸の聞き書き集『BE KOBE』（ポプラ社）などがある。

元気じゃないけど、悪くない

2024年3月19日　初版第1刷発行
2024年5月9日　初版第2刷発行

著　　者　青山ゆみこ

発 行 者　三島邦弘
発 行 所　（株）ミシマ社
郵便番号　152-0035
東京都目黒区自由が丘2-6-13
電話　03-3724-5616
FAX　03-3724-5618
e-mail　hatena@mishimasha.com
URL　http://www.mishimasha.com
振替　00160-1-372976

装　　丁　名久井直子
装画・挿画・題字　細川貂々
校　　正　牟田都子
印刷・製本　（株）シナノ
組　　版　（有）エヴリ・シンク

ISBN 978-4-911226-02-5

好評既刊

ほんのちょっと当事者

青山ゆみこ

「大文字の困りごと」を
「自分事」として考えてみた。

ローン地獄、児童虐待、性暴力、
障害者差別、看取り、親との葛藤…

「ここまで曝すか！」と大反響の
明るい（？）社会派エッセイ。

ISBN 978-4-909394-29-3　1600円（価格税別）

好評既刊

日帰り旅行は電車に乗って　関西編

細川貂々

なんの準備もせず、目的地も気にせずに、
ほんのちょっとの運賃で、夢の時間がやってくる。

もう、休日の過ごし方に悩まない！
小学生の息子と一緒に、
春夏秋冬ぶらりと楽しむ
電車の旅を綴ったコミックエッセイ。

ISBN 978-4-909394-04-0　1500円（価格税別）